HANS JÜRGEN PRESS

Né en 1926,
il a accompli à Hambourg une très longue carrière
d'écrivain et de dessinateur de presse.
À partir de 1964, il a également consacré
son talent de caricaturiste à l'écriture
et à l'illustration de livres pour enfants.
Ses enquêtes sont devenues des classiques,
vendus à des centaines de milliers d'exemplaires.
Hans Jürgen Press est décédé en 2004.

Titre original :
Die Abenteuer der « schwarzen hand »
© Ravensburger Buchverlag Otto Maier GmbH, 1965

© Actes Sud, 1998, 2008
pour l'édition française
ISBN 978-2-7427-7582-8

Loi 49-956 du 16 juillet 1949
sur les publications destinées à la jeunesse.

LES ENQUÊTES DE LA MAIN NOIRE

Écrit et illustré par
HANS JÜRGEN PRESS

Traduit par
SYLVIA GEHLERT

ACTES SUD JUNIOR

LES ENQUÊTES
DE LA MAIN NOIRE

L'officier de police Courtepoigne faisait sa ronde habituelle. Il tourna dans la rue du Canal qu'il descendit d'un pas vif. Devant le numéro 49, il s'arrêta pour contempler une feuille de papier jaunie, arrachée de toute évidence à un cahier de classe et fixée au chambranle de la porte au moyen de quatre punaises. En son milieu figurait l'empreinte noire d'une main. Un sourire jovial se dessina sur les lèvres de l'agent.

– Fort sympathiques, ces enfants, et bigrement observateurs.

Le compliment de l'agent s'adressait à la « Main noire », un groupe de jeunes détectives qui traquait avec bonheur les mauvais sujets en tout genre.

Tout en haut de la maison, entre le grenier et le pigeonnier, se trouve le quartier général de la « Main noire », appelé le « tranquilloport », où le groupe se réunit régulièrement après l'école.

Félix le Prolixe mène le jeu. Sa trompette lui permet de transmettre des messages ultrasecrets aux autres membres de la « Main noire ».

Salim Alec, le benjamin du groupe, est inséparable de son écureuil, d'où son surnom, Alec, qui signifie « à l'Écureuil ».

Adèle aux tresses rebelles est une excellente détective parce qu'elle va toujours au fond des choses.

L'Écureuil aime se promener perché sur l'épaule de Salim Alec. Son regard futé lui a déjà rapporté plus d'une noisette.

Émile l'Habile est un testeur de bonbons hors pair ; ce qui ne l'empêche pas d'avoir un flair exemplaire.

UNE MAISON PLEINE DE MYSTÈRES

UN SIGNE QUI NE TROMPE PAS

Depuis une bonne heure, tous les membres de la « Main noire » étaient plongés dans leurs devoirs du lendemain. Un silence parfait régnait au tranquilloport. Faute de bonbons, Émile mâchouillait le bout de son crayon en jetant un regard rêveur à travers les vitres grises de poussière.

« Crac », entendit-il tout à coup. Salim venait de casser une noisette pour son écureuil.

– Mésange, fit Émile, ça s'écrit comment ?

– Ça dépend, dit Adèle. Si c'est de nous que tu veux parler, tu l'écris en deux mots avec un s à la fin.

– Non, je veux parler de l'oiseau qui est perché sur l'arbre dans le jardin d'en face. Ça alors ! C'est incroyable !

Il se mit à frotter la vitre du revers de sa manche. Félix émergea d'une multiplication pleine de virgules et de retenues.

– Qu'est-ce qui se passe ?

– Il y a quelqu'un dans la maison vide de l'autre côté de la rue.

Aussitôt, le reste de la « Main noire » accourut. Salim se hissa sur la pointe des pieds.

– Je ne vois personne, dit-il. Tous les volets sont fermés, et la porte d'entrée est bouclée comme d'habitude.

Adèle pressa son nez contre la vitre et se figea.

– Je vois ce que tu veux dire, Émile, dit-elle au bout d'un moment. Oui, il y a effectivement quelqu'un dans la maison abandonnée.

──────── QUESTION ────────

Qu'est-ce qui prouve que quelqu'un se trouve dans la maison ?

UN MANQUE DE TALON ÉVIDENT

Il n'y avait aucun doute possible ! Quelqu'un se trouvait dans la maison aban-donnée. La fumée qui sortait de la cheminée le prouvait clairement. Les membres de la « Main noire » décidèrent de surveiller étroitement la maison. Ce n'est que cinq jours plus tard que leur persévérance fut récompensée. La nuit tombait quand, de la fenêtre du tranquilloport, Adèle aperçut la sil-houette d'un homme qui franchissait le parapet du pont pour descendre sur le quai.

Le lendemain, avant l'école, la « Main noire » se réunit sur le pont pour une inspection des lieux.

– Regardez ! s'exclama soudain Salim.

– Quoi donc ? demanda Félix.

Salim fit descendre l'Écureuil de son épaule. Celui-ci sauta aussitôt sur le para-pet et plongea dans un buisson. Quelques instants plus tard, il revint, portant gracieusement entre ses pattes un petit objet noir.

– Ça alors ! s'étonna Émile. Un talon de chaussure !

– L'enquête est ouverte, déclara Félix. Il s'agit de retrouver un homme qui a perdu un talon. En avant, tout le monde !

Le lendemain, sur le chemin de l'école, les quatre amis entamèrent leurs recherches en scrutant les chaussures de tous les gens qu'ils croisaient dans la rue. Adèle fermait la marche. Brusquement, elle stoppa net.

– Ça ne peut être que lui, murmura-t-elle.

Avant qu'elle n'ait le temps de rattraper ses copains, l'homme avait disparu.

– C'était lui, j'en suis sûre, et nous le retrouverons, dit-elle.

Et elle leur décrit le pantalon de l'homme sans talon.

QUESTION

Quelle sorte de pantalon porte l'homme au talon manquant ?

....

UN TROU DANS LA SURVEILLANCE

Réunie au tranquilloport, la « Main noire » réfléchissait à l'étape suivante de l'enquête.

– Nous savons maintenant que l'homme porte un pantalon à petits carreaux, dit Félix. C'est un premier élément.

– Mais nous n'avons pas encore vu son visage, fit remarquer Émile. Nous allons le surprendre au moment où il essayera d'entrer dans la maison. Venez, nous allons surveiller toutes les portes d'accès.

– Et les fenêtres, ajouta Adèle. On ne sait jamais.

Trois minutes plus tard, chacun avait gagné son poste d'observation. Du haut du pont, Félix avait une vue imprenable sur l'entrée principale, tandis qu'Émile surveillait la partie de la propriété qui donnait sur le canal. Postée à côté de la porte du jardin, Adèle observait discrètement les allées et venues par les trous de son journal. Salim, déguisé en nain de jardin, se tenait immobile au milieu des orties qui lui arrivaient jusqu'aux genoux. Aucune souris n'aurait pu se faufiler dans la maison sans être repérée.

Deux heures passèrent. Personne ne semblait s'intéresser à la maison. Accroupi dans sa barque, les jambes engourdies, Émile s'assoupissait en se disant qu'il n'y avait rien de plus fastidieux pour un détective que d'attendre qu'une planque se termine.

Subitement, Salim sursauta sous son bonnet de nain.

– Noisette divine ! murmura-t-il stupéfait. Ce n'est pas la peine d'attendre plus longtemps. L'homme a pris un passage secret. Il s'en est fallu de peu pour que je ne m'en aperçoive pas.

———— QUESTION ————
Où se trouve le passage secret ?

UN MESSAGE VENU DU CIEL

Sans un bruit, le couvercle du passage secret se referma et les tulipes retombèrent en place. La « Main noire » avança prudemment vers le parterre de fleurs. Émile plongea son nez dans un calice de tulipe.

– Du pur plastique, constata-t-il.

– Soulevez le couvercle ! commanda Adèle, je vais descendre pour voir où mène ce passage.

– Et s'il t'arrive quelque chose ? s'inquiéta Salim.

En réponse, Adèle agita son sac en toile.

– J'emmène Isidor 13 pour rester en contact avec vous.

Isidor 13 était le meilleur pigeon voyageur que possédait la « Main noire ». Quelques instants plus tard, il avait disparu, emporté par Adèle dans le passage secret. À tâtons, elle avança dans le boyau noir qui aboutissait dans une pièce tout aussi sombre. Avant même de pouvoir l'explorer, elle entendit un bruit. En toute hâte, elle arracha une feuille de son calepin et écrivit : « Suis dans la maison. Me cache dans une malle. Signé Adèle. » Isidor 13 prit le message entre ses pattes et s'envola en passant par le conduit de la cheminée.

Félix consulta sa montre :

– Onze minutes et vingt-sept secondes. Je commence à me faire du souci.

– Allons voir si elle nous a envoyé un message, proposa Émile.

La « Main noire » retourna au 49 de la rue du Canal en courant, et se lança dans l'escalier, faisant grincer les vieilles marches en bois.

Félix passa la tête dans le pigeonnier.

– Vous voyez ? dit-il. Isidor 13 est de retour.

―――――QUESTION―――――
À quoi Félix reconnaît-il Isidor 13 ?

LE CABINET SECRET DE MONSIEUR X

Félix lut aux deux autres le message d'Adèle. Quand Émile voulut nettoyer les plumes d'Isidor 13, noires de suie, il le retint :

– Laisse-le ! Il le fera lui-même.

– Comme mon écureuil, dit Salim. Il se nettoie tout seul quand il se salit.

Émile poussa un gros soupir :

– J'espère qu'il n'est rien arrivé à Adèle. Où peut-elle bien être ?

Adèle se trouvait toujours dans la maison mystérieuse, plus précisément dans la grande malle où elle s'était cachée après le départ d'Isidor. Elle souleva le couvercle et tendit l'oreille. Tout était redevenu silencieux. Elle regarda autour d'elle. Au fond de la pièce souterraine, les contours d'une porte se dessinaient dans l'obscurité. Un faible rai de lumière pénétrait par le trou de la serrure. Adèle quitta sa cachette. À pas de loup, elle s'avança vers la porte et colla l'œil contre le trou. Ce qu'elle vit faillit lui couper le souffle.

Au milieu d'un bric-à-brac indescriptible, un homme était assis à une table. Il lui tournait le dos. Penché en avant, il regardait attentivement quelque chose à la loupe.

Cinq minutes plus tard, des pas pressés résonnèrent dans l'escalier du 49, puis la porte du tranquilloport tourna sur ses gonds. Adèle entra.

– Enfin ! s'écrièrent les garçons. Ce n'est pas trop tôt. On commençait vraiment à être inquiets.

Quand Adèle eut repris son souffle, elle leur annonça, radieuse :

– Vous ne devinerez jamais ce que monsieur X fait là-bas, au sous-sol.

QUESTION

Que fait monsieur X au sous-sol de la maison abandonnée ?

LA BAGUE DORÉE

– C'est étrange, remarqua Félix quand Adèle eut terminé son récit. Pourquoi se cache-t-il dans une cave pour regarder des timbres ?

Adèle tira une petite boîte à pastilles de sa poche et l'ouvrit.

– Regardez ce que je vous ai rapporté, dit-elle en exhibant un mégot.

– Nom d'une pipe, quel cigare ! s'exclama Émile. Où l'as-tu trouvé ?

– Je l'ai ramassé dans le passage secret.

– « Ourson noir », lut Émile sur la bague dorée, c'est certainement une marque qui coûte très cher. Des gros cigares comme celui-ci, mon grand-père n'en fume que le dimanche.

– Et c'est cette marque qu'il fume ? demanda Salim.

– Non. Des « Ourson noir », je n'en ai encore jamais vus.

– Dommage, soupira Félix. En route ! Il faut qu'on retrouve le magasin où monsieur X achète ses cigares.

Jusqu'au soir, la « Main noire » parcourut la ville à la recherche d'un magasin de tabac qui proposerait des cigares de la marque « Ourson noir ». En vain ! Le lendemain, pendant la récréation, Émile se précipita vers un coin du préau pour examiner le mégot de cigare malodorant que le professeur de géographie, monsieur Dutertre, appelé en secret Dubidon, venait d'y jeter. C'était un vulgaire « Fifrelin ». D'un talon rageur, Émile allait le réduire en miettes lorsqu'il entendit un signal de trompette. Aussitôt, la « Main noire » se rassembla autour de Félix.

– Je sais maintenant où l'on peut acheter des « Ourson noir », dit-il.

------QUESTION------
Qui vend des « Ourson noir » ?

LA SURPRISE DERRIÈRE LA VITRE

« Ourson noir » chez Leloir, était inscrit en grandes lettres sur la camionnette que Félix avait vu passer.

Après l'école, la « Main noire » se réunit au tranquilloport.

Félix avait apporté un annuaire téléphonique. Il l'ouvrit et fit tourner les pages à toute vitesse. Les autres se penchèrent par-dessus son épaule.

– Leloir ! lut-il : Leloir, Antoine, plombier. Leloir, Émilie, sage-femme. Leloir, Maxime, expert comptable. Leloir, Nathalie, artiste peintre.

– Voilà notre homme ! s'écria Émile tout à coup. Regardez ! Leloir, Xavier, spécialisé en cigares pour connaisseurs. 14, rue de la Belette.

– Rue de la Belette ? dit Salim. C'est à l'autre bout de la ville.

– Allons-y tout de suite ! décréta Félix. On n'a pas de temps à…

– Un instant ! l'arrêta Adèle. Qu'est-ce qu'on irait faire là-bas ?

– Relever des traces suspectes, répliqua Félix avec entrain.

– Des traces de quoi ? rétorqua Adèle d'un air sceptique. Monsieur X achète ses cigares chez Leloir. Et alors ? Il en a bien le droit. Poursuivons plutôt la piste des timbres. Elle me paraît bien plus suspecte.

– Et s'il y avait un lien entre les timbres et les cigares ? insista Félix.

Adèle éclata de rire.

– Alors je paie une tournée de sucettes. En avant chez Leloir !

Une demi-heure plus tard, la « Main noire » étudiait la vitrine du marchand de tabac. Des cigares, il y en avait une quantité faramineuse, de toutes les tailles et pour tous les goûts. Soudain, Adèle sursauta :

– D'accord pour les sucettes ! chuchota-t-elle. Vous avez vu le timbre ?

------QUESTION------

De quel timbre s'agit-il ?

UN FAUX AIR DE TIMBRE DE COLLECTION

Le Zanzibar à 50 roupies exposé dans la vitrine du marchand de cigares ne manqua pas d'intriguer la « Main noire ».

– Pourquoi Leloir ne vend-il qu'un seul timbre ? demanda Félix.

– Et pourquoi celui-là ? s'étonna Émile.

– C'est peut-être un timbre de collection unique, fit remarquer Adèle.

– Attention ! chuchota Salim. Je crois que Leloir nous regarde.

Émile réagit au quart de tour. Il sortit un chronomètre de sa poche et s'écria d'un air enjoué :

– À vos marques ! Le premier arrivé au bout de la rue aura une sucette !

Félix, Adèle et Salim s'élancèrent. Du coin de l'œil, Émile vit le marchand de cigares disparaître au fond de sa boutique.

Le lendemain, Adèle fit une entrée fracassante au tranquilloport.

– J'ai du nouveau ! cria-t-elle depuis le seuil. Le Zanzibar à 50 roupies est un timbre unique. C'est mon père qui me l'a dit et il s'y connaît.

À ce moment précis, Émile arrivait en courant, brandissant le journal. Trafic de faux timbres à Villeneuve, lurent les enfants stupéfaits.

Vingt-deux secondes plus tard, ils étaient devant la maison abandonnée. Une fumée épaisse sortait de la cheminée, et de petits bouts de papier plus ou moins carbonisés tournoyaient dans l'air. Salim en ramassa un par terre. C'était un Zanzibar à 50 roupies à peine abîmé.

Adèle sortit un catalogue de timbres de son sac et le feuilleta.

– Voici une reproduction de l'authentique Zanzibar à 50 roupies, dit-elle. Salim rapprocha le timbre qu'il avait trouvé de l'autre.

– On voit bien que c'est un faux, dit-il. Il y manque quelque chose.

--------QUESTION--------

Que manque-t-il sur le faux timbre ?

authentique

faux

LA FUITE

– Je ne comprends pas, dit Félix en fronçant les sourcils. S'il manque le pavillon du bateau sur les faux timbres, il ne pourra jamais les vendre.

– C'est bien pour cela qu'il les brûle, expliqua Adèle. À part cette série ratée, il a dû fabriquer des tas de faux timbres parfaitement ressemblants. Je pense qu'il essayera de s'enfuir en les emportant.

– On va l'en empêcher, déclara Émile sur un ton déterminé.

Une nouvelle fois, la « Main noire » se sépara pour surveiller les issues de la maison abandonnée. De longues minutes s'écoulèrent jusqu'à ce que, subitement, un signal de trompette retentit. Adèle, Émile et Salim se précipitèrent vers le pont où les attendait Félix.

– Vite ! cria-t-il, il s'est sauvé par le hangar à bateaux, et il a filé en direction du port. J'ai vu qu'il portait une mallette en métal.

– J'en étais sûre ! s'écria Adèle. Venez, il ne faudrait pas qu'il nous échappe au dernier moment.

La « Main noire » démarra en trombe. À bout de souffle, les quatre amis débouchèrent sur la rue du port, juste à temps pour voir le faussaire descendre l'escalier qui menait à l'embarcadère. Sa mallette brillait au soleil.

– On le tient ! haleta Félix, et ils reprirent leur course. Hélas, quand ils arrivèrent enfin sur le ponton, l'homme et la mallette avaient disparu.

Adèle courut vers le pavillon du club de voile. Il n'y avait personne à l'intérieur. Émile scruta l'eau trouble du bassin du port.

– Vous croyez qu'il a plongé là-dedans ? demanda-t-il, dégoûté.

Salim secoua la tête.

– Non, dit-il, on verrait flotter son chapeau. Monsieur X se cache ailleurs.

---QUESTION---

Qu'est-ce qui permet à Salim de détecter la cachette du faussaire ?

PRIS AU PIÈGE

Le faussaire était caché dans un des bateaux. Sous son poids, la coque s'était enfoncée plus profondément dans l'eau. Salim s'en était aperçu le premier. Quand le reste de la « Main noire » découvrit à son tour la cachette, l'homme s'apprêtait déjà à larguer les amarres.

« Triaa-triii ! » souffla Félix sur sa trompette, ce qui signifiait : « La chasse au faussaire du Zanzibar à 50 roupies continue ! » Émile en tête, les membres de la « Main noire » reprirent leur course. Ils dévalèrent la rue qui longeait le canal. En voyant le faussaire accoster sur la rive opposée, ils sprintèrent jusqu'au vieux pont, le traversèrent à toutes jambes et aperçurent l'homme qui s'engageait dans une rue perpendiculaire où il disparut derrière les palissades d'un chantier.

Le chantier était désert. La « Main noire » grimpa sur un tas de sable et scruta les alentours.

– S'il nous a semés, nous pourrons au moins donner son signalement à la police, se résigna Salim. Adèle haussa les épaules.

– Malheureusement, on ne sait pas grand-chose de lui, soupira-t-elle. Il porte un pantalon à carreaux, une veste noire, une cravate à ray…

Sa mine s'égaya et un sourire malicieux se dessina sur ses lèvres.

– Émile, murmura-t-elle, va vite appeler la police ! Et dis-leur de venir avec des renforts.

Émile la regarda avec des yeux ronds.

– Mais pourquoi ? bredouilla-t-il.

– Parce que monsieur X est pris au piège.

---QUESTION---
Où se cache le faussaire ?

UN VOL PLANÉ MALENCONTREUX

Si les sirènes de police n'avaient pas commencé à hurler, le faussaire n'aurait probablement pas bougé de sa cachette. Mais l'étau se resserrait autour de lui. C'est pourquoi la « Main noire » le vit tout à coup débouler de la bétonneuse, cravate au vent et mallette à la main. En un clin d'œil, il avait traversé le chantier et escaladé le mur. Un long vol plané le déroba aux yeux de ses poursuivants qui entendirent un bruit de chute feutré. Monsieur X venait d'atterrir au beau milieu d'un tas de fumier.

Quand, Courtepoigne en tête, les policiers firent irruption dans la cour de la ferme, l'odeur nauséabonde qui se dégageait de l'individu faillit les faire tomber à la renverse.

– Mettez les menottes à ce quidam puant, ordonna l'officier de police en se bouchant le nez. Je sens qu'il mérite un bon savon.

– Lâchez-moi ! Je suis innocent, pesta monsieur X qui essayait de se dégager de l'emprise des forces de l'ordre. J'ai eu un accident de parcours. Au lieu de m'agresser, vous feriez mieux de me secourir.

– Vous êtes soupçonné de contrefaçon de timbres, l'avisa Courtepoigne. Je vous arrête, monsieur.

– J'espère que vous avez des preuves, ricana l'autre.

Les policiers passèrent la cour au peigne fin. Ils ne trouvèrent rien. Ils étaient sur le point de relâcher le suspect lorsque Félix, Émile, Adèle et Salim sautèrent du mur.

– Qui êtes-vous ? les accueillit sèchement l'agent Courtepoigne.

– Nous sommes la « Main noire », répondit poliment Félix, et nous croyons savoir où se trouve la mallette avec les faux timbres.

———— QUESTION ————
Où monsieur X a-t-il caché sa mallette ?

LE TRÉSOR DU LAC AUX CASTORS

UNE VISITE NOCTURNE

À 14 h 45 précises, la porte du commissariat s'ouvrit précipitamment et une dame d'un certain âge, visiblement bouleversée, fit son entrée.

– Monsieur l'agent, dit-elle, passablement essoufflée. J'ai été cambriolée la nuit dernière. Venez vite, j'ai besoin de vous.

Courtepoigne lui fit gentiment signe de s'asseoir.

– Je suis à vous dans un instant dit-il, et, se tournant vers la « Main noire », il poursuivit la lecture du procès-verbal qu'il venait de dresser :

– « … Nous avons indiqué aux agents de police présents sur les lieux que la mallette était cachée au fond du puits. Elle contenait effectivement les faux timbres. » C'est bien cela ?

Les membres de la « Main noire » confirmèrent tous d'un signe de la tête.

– Monsieur l'agent, reprit la dame. Pouvez-vous envoyer un de vos collègues chez moi pour…

– Désolé, coupa Courtepoigne, ils sont tous sur le terrain. En attendant, je vais prendre votre déposition. Vous êtes madame…

– Veuve Chantemerle, née Rossignol, Ida.

La « Main noire » attendait Mme Chantemerle devant le commissariat.

– Ne vous faites pas de souci, madame, nous allons vous aider, dit Félix après avoir présenté ses camarades. Venez, nous vous raccompagnons.

Le cambrioleur avait saccagé le salon. Tout était sens dessus dessous. Des bibelots jonchaient le sol. Tout à coup, Adèle se figea.

– Nous voilà fixés sur l'heure précise du cambriolage, dit-elle. Regardez !

QUESTION

Quel élément indique l'heure de passage du cambrioleur ?

L'ÉCUREUIL RAPPORTEUR

– La pendule de Mme Chantemerle s'est arrêtée à minuit cinq précises, expliqua Adèle. Le cambrioleur a dû la faire tomber en cherchant un coffre caché dans le mur.

Ravie de cette preuve de perspicacité, la maîtresse de maison fit circuler une boîte de chocolats. Après le troisième, tout devint clair pour Émile.

– Comme le prouvent les éclats de verre sur le tapis, déclara-t-il, le cambrioleur a cassé une des vitres de la porte du balcon pour passer la main et ouvrir la serrure.

– Tout porte à croire qu'il est passé par le toit, murmura Félix qui était sorti sur le balcon et examinait la gouttière à la loupe.

Salim fit descendre l'Écureuil de son épaule et le posa sur la toiture.

– À toi de jouer maintenant, lui chuchota-t-il à l'oreille.

Tel un éclair, l'Écureuil roux fila sur les tuiles et disparut derrière la cheminée. Quelques instants plus tard, il réapparut. En trois sauts gracieux, il regagna l'épaule de Salim. Entre ses pattes de devant, il tenait…

– Un ticket de cinéma ! s'exclama Émile.

Adèle rejeta ses nattes en arrière et examina le billet déchiré.

– Parfait, dit-elle, il ne nous reste plus qu'à trouver quel film le cambrioleur est allé voir avant de venir ici.

Délaissant les délicieux chocolats de Mme Chantemerle, la « Main noire » courut acheter le journal et monta au tranquilloport pour étudier le programme des cinémas. La chose s'avérait plus difficile qu'elle ne l'avait imaginée. Tout à coup, Félix éclata de rire.

– Il a vraiment choisi le film qui s'imposait, dit-il.

——— QUESTION ———
Comment s'appelle le film ?

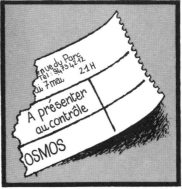

L'ENVERS VAUT BIEN L'ENDROIT

– *Les Bijoux de la Castafiore*, s'esclaffa Adèle. Il n'y a pas mieux. Elle retourna le billet et poussa un cri de surprise. Les autres se penchèrent par-dessus son épaule.
– « ourave », lut Émile. Vous croyez que c'est un code secret ?
– Plutôt la fin du nom de famille du cambrioleur, dit Félix. S'il a réservé sa place par téléphone, la caissière a dû inscrire son nom sur le billet.
– Exact, approuva Adèle. Si ça se trouve, c'est un habitué du Cosmos.
Le lendemain soir, la « Main noire » se posta près de la caisse du cinéma et scruta attentivement les gens dans la file d'attente. Qui parmi eux viendra retirer une place au nom de « -ourave » ?
La voix sévère de l'imposant portier mit fin à leur conciliabule. Tout sourire, Adèle tâcha de l'amadouer.
– Nous sommes la « Main noire », fit-elle sur un ton plein de mystère.
Le portier écarquilla les yeux et sa mine se radoucit.
– La « Main noire », le groupe de détectives dont on a parlé dans le journal l'autre jour ?
Adèle acquiesça. À partir de cet instant, la « Main noire » se trouvait sous la protection personnelle du portier.
Au troisième soir d'attente, le miracle se produisit enfin. Un homme et une femme en tenue de motard s'avançaient vers la caisse.
– Deux places au nom de Chourave, exigea l'homme d'un ton autoritaire. Grâce à la complicité du portier, la « Main noire » réussit à obtenir quatre places au premier rang. La salle était bondée, le film commençait.
– Où sont-ils ? s'inquiéta Félix. Je ne les vois pas.
– Moi si, chuchota Salim au bout d'un certain temps.

QUESTION

Dans quelle rangée est assis le couple suspect ?

COURSE POURSUITE

Après avoir repéré Chourave et sa compagne, assis dans la sixième rangée, la « Main noire » quitta discrètement la salle de cinéma pour échafauder un plan de manœuvre.

– Il faut absolument trouver où habite ce Chourave, dit Émile.

– Et tu peux me dire comment on va s'y prendre ? demanda Adèle.

– En le suivant à vélo, sourit Salim.

Tandis que Salim, Adèle et Émile se partageaient les trois sorties, Félix se posta près du parking. Peu après 20 h 30, les portes du Cosmos s'ouvrirent et la foule des spectateurs se déversa sur les trottoirs. Quelques instants plus tard, un signal de trompette retentit.

Aussitôt, les amis se mirent en selle. Les yeux braqués sur les feux arrière de la moto, ils tournèrent dans la rue de la Poste. Chourave fit vrombir le moteur de son engin avant de prendre un virage sec et de s'engouffrer dans une rue perpendiculaire au loin. Lorsque la « Main noire » s'y engagea à son tour, la moto avait disparu, mais on l'entendait encore pétarader à distance. Puis, ce fut le silence. Chourave avait coupé le contact.

– 23 ZT 76, chuchota Félix, j'ai relevé son numéro d'immatriculation.

La moto était garée devant le 28, allée des Muguets. Les enfants sautèrent à terre et examinèrent les plaques à côté de la porte d'entrée.

– Pas de Chourave, murmura Adèle déçue.

– Mais si, se réjouit Félix. Il habite bien ici.

—————QUESTION—————
Où Félix a-t-il vu le nom du suspect ?

UN MALADE IMAGINAIRE

Le nom de Chourave figurait sur la boîte aux lettres.
– Allons lui rendre une petite visite, proposa Adèle. Mais Félix la retint.
– Pas question, dit-il sur un ton ferme. Il y a des visites qu'il vaut mieux faire en plein jour.
En revenant le lendemain matin, la « Main noire » vit tout de suite que la moto n'était plus garée devant le 28. Chourave habitait au dernier étage, sous les combles. Émile appuya sur la sonnette. Il attendit quelques secondes avant de donner un deuxième coup. Personne ne se manifesta. Salim regarda par le trou de la serrure.
– Je ne vois rien, dit-il tout bas. Le trou est bouché.
– Pousse-toi, dit Adèle, appuyant sur la poignée.
La porte ne céda pas, mais une voix d'homme leur parvint :
– Je suis au lit avec une grippe. Je suis contagieux. Ne me dérangez pas !
– Bizarre, dit Émile. Pourquoi n'a-t-il pas répondu quand j'ai sonné la première fois ?
À son tour, il appuya sur la poignée. De nouveau, la voix retentit :
– Je suis au lit avec une grippe. Je suis contagieux. Ne me dérangez pas !
Émile sortit son couteau de poche. En un tournemain, il avait ôté la goupille métallique qui reliait les deux parties de la poignée, retiré l'une et repoussé l'autre qui retomba sur le sol de l'autre côté de la porte.
Il se pencha et colla son œil sur la petite ouverture carrée.
– C'est bien ce que je pensais, murmura-t-il. Le lit est vide.
Adèle regarda à son tour. Elle se retourna, les yeux brillants.
– Pas la moindre trace de Chourave ! Mais je sais d'où vient sa voix.

---QUESTION---
D'où vient la voix de Chourave ?

36

L'OISEAU S'EST ENVOLÉ

La voix de Chourave venait d'un vieux magnétophone caché sous le lit.
– L'oiseau s'est envolé, constata Adèle. Comment faire pour le rattraper ?
– Euh …, fit Émile, nous avons toujours le numéro de sa moto.
– Laisse tomber, dit Salim, c'est sans espoir. On n'a aucune chance.
Et d'un coup de talon rageur, il cassa une noisette.
– Ah non, déclara Félix, il est hors de question d'abandonner maintenant. Allez, courage, la chasse continue !
Les jours passèrent sans que rien ne se produise. Et pourtant, inlassablement, la « Main noire » inspectait les trottoirs, surveillait les parkings, fouillait les moindres recoins des cours d'immeuble et des impasses. Même les recherches dans les villages environnants s'avérèrent infructueuses. Chourave s'était bel et bien volatilisé.
La « Main noire » était sur le point de classer l'affaire quand le hasard lui donna un coup de pouce. Lors d'une balade, Félix freina tout à coup et descendit de son vélo. Il pointa l'index vers le sous-bois.
– 23 ZT 76, murmura Émile en dégageant les branches sous lesquelles la moto était enfouie.
– Il manque la roue arrière, constata Adèle.
– Et le conducteur, ajouta Salim, mais il ne doit pas être très loin.
La « Main noire » scrutait les alentours quand, soudain, Félix s'écria :
– Par ici ! Suivez-moi !
Ils le suivirent à travers bois jusqu'au camping voisin. Quelques instants plus tard, Félix désigna discrètement une tente en murmurant :
– Notre oiseau a changé de nid. Regardez ce qu'il est en train de faire !

—————QUESTION—————
Que fait Chourave à l'ombre de sa tente ?

38

LES HOMMES-GRENOUILLES
DU LAC DES CASTORS

Chourave regonflait le pneu arrière de sa moto. Qu'était-il venu faire au camping du lac des Castors ? Salim avança une explication :
– Il a dû se rendre compte que nous le filions et a préféré se mettre au vert.
– Possible, dit Félix, mais, à mon avis, il a une idée derrière la tête. Cachons-nous là-haut sur la colline, pour surveiller sa tente.
Deux heures passèrent pendant lesquelles la « Main noire » résista vaillamment à l'assaut inlassable des fourmis et des moustiques. La nuit tombait, la lune se levait, baignant le lac de sa lumière argentée. Subitement, une ombre se profila sur la surface miroitante de l'eau. Chourave s'approchait de la berge ! En prenant son élan, il lança au large un gros objet auquel était attachée une corde. Plouf ! Des gerbes d'écume jaillirent pour retomber et s'évanouir en faisant des ronds dans l'eau, tandis que Chourave remontait vers sa tente et disparaissait.
– Qu'est-ce qu'il a jeté ? demanda Adèle, prête à foncer vers le lac.
– Nous le saurons demain, dit Félix en la retenant gentiment par le bout de ses nattes.
De bonne heure le lendemain matin, la « Main noire » était de retour au lac. Avec des équipements de plongée. Derrière un bouquet d'aulnes, l'équipe se changea avant de se mettre à l'eau. Après être remonté deux, trois fois à la surface, ils finirent par atteindre l'endroit où l'objet lancé par Chourave avait sombré dans le lac.
Soudain, Félix leva le pouce. Les plongeurs regagnèrent la berge.
– Mission accomplie, dit-il. J'ai vu de quoi il s'agissait. Pas vous ?

———————QUESTION———————
Quel est l'objet que Chourave avait jeté dans le lac ?

LE COLLIER

Adèle était sceptique.

– Qu'est-ce qui prouve que le sac de campeur au fond du lac appartient vraiment à Chourave ?

– La corde qui y est attachée. Venez, on y retourne ! Il faut absolument trouver ce que Chourave a voulu mettre à l'abri.

Cette fois-ci, la « Main noire » plongea droit au but. Émile tenait le sac calé entre ses genoux pendant que Salim et Adèle cherchaient à défaire les nœuds qui le refermaient. Félix eut juste le temps d'y plonger la main quand, subitement, la corde se tendit, leur arrachant le sac et l'emportant vers la surface. Pour la « Main noire », il n'y avait nul doute : ceci était l'œuvre du sinistre Chourave ! En nageant sous l'eau, Adèle, Salim, Émile et Félix regagnèrent rapidement la berge.

Émile lança son tuba en l'air.

– On n'a plus qu'à se rhabiller, marmonna-t-il, trépignant de colère.

– Calme-toi, dit Félix. Regardez ce que j'ai repêché.

Adèle se pencha sur le collier et l'examina d'un œil expert :

– Très joli, murmura-t-elle. À mon avis, il s'agit d'un bijou ancien.

Une heure plus tard, la « Main noire » sonnait chez Mme Chantemerle.

– Ah, mes jeunes amis, vous voilà enfin ! s'écria-t-elle. Je ne sais plus que faire. La police n'a toujours pas retrouvé mes bijoux volés.

– Nous avons peut-être une bonne nouvelle pour vous, dit Adèle. Félix, montre le collier à Mme Chantemerle !

Mais Félix ne bougea pas. Quelque chose avait attiré son regard.

– Le collier vient d'ici, dit-il enfin. Il n'y a aucun doute là-dessus.

―――――――QUESTION―――――――
Qu'est-ce qui prouve que le collier faisait partie
des bijoux de Mme Chantemerle ?

LA FERME DES TROIS BOULEAUX

La femme sur le tableau portait le même collier !
– Alerte générale ! À vos vélos ! ordonna Félix. Retour immédiat au lac !
Ils pédalèrent aussi vite que possible, mais Chourave ne les avait naturellement pas attendus. Et pour ne laisser aucune trace, il avait emporté sa tente.
Émile remonta rapidement sur son vélo.
– Restez ici, dit-il, je vais téléphoner à Courtepoigne.
Peu de temps après, une voiture de police arriva à vive allure pour s'arrêter dans un crissement de pneus. L'officier de police Courtepoigne fit signe à la « Main noire » de monter, et le chauffeur redémarra aussitôt, en appuyant à fond sur l'accélérateur. Adèle fit un bref résumé de la situation à Courtepoigne qui l'écouta attentivement.
– Arrêtez-vous ! lança-t-il tout à coup au chauffeur, en voyant un gendarme sur le bord de la route.
– 23 ZT 76 ? réfléchit ce dernier. Oui, j'ai vu cette moto, il y a une demi-heure environ. Elle se dirigeait vers la ferme des Trois Bouleaux.
En entrant dans la cour de la ferme, les policiers aperçurent la moto recherchée.
– Il y a quelqu'un ? appela Courtepoigne.
– Oui. C'est à quel sujet ? demanda une voix de femme depuis la cuisine.
– C'est l'amie de Chourave, chuchota Félix.
– Qui êtes-vous ? demanda Courtepoigne en passant le seuil.
– Rita Duclos, l'employée de maison. Le patron et la patronne sont partis faire des courses en ville. Je suis toute seule ici depuis ce matin.
– C'est faux, intervint Émile. Regardez ! En voilà la preuve !

—QUESTION—
Qu'a vu Émile ?

RITA RESTE BOUCHE COUSUE

L'officier de police saisit le cigare allumé et le mit sous le nez de Rita Duclos.
– Où se cache l'homme ? demanda-t-il sur un ton d'autorité.
L'employée de maison fit l'étonnée.
– Quel homme ? Je ne comprends pas de qui vous voulez parler.
– Assez ! tonna Courtepoigne. Montrez-nous la maison. Pièce par pièce. Exécution !
Nullement impressionnée par le policier, Rita Duclos prit une chaise, la planta violemment en plein milieu de la cuisine et s'y cala, les bras croisés et un sourire méprisant sur ses lèvres.
– Allez, fouillez si ça vous chante ! Je vous souhaite bien du plaisir. Et n'oubliez pas les trous à rats !
Sourds aux sarcasmes de l'employée de maison, Courtepoigne et son collègue passèrent la maison au crible pendant que les membres de la « Main noire », assis sur les marches de l'escalier, gardaient un œil sur Rita. Salim cassa nerveusement une noisette et soupira :
– S'ils ne trouvent pas Chourave, on va passer pour des imbéciles.
– Je ne comprends pas, dit Félix. Il est forcément ici.
L'inspection du premier étage se terminait. L'agent Courtepoigne referma le garde-manger et se retourna vers la « Main noire ».
– Désolé, dit-il, mais c'est une fausse piste. Nous avons tout fouillé.
– Pas tout à fait, remarqua Adèle. Il reste encore une porte que vous n'avez pas vue. Je pense qu'en l'ouvrant, vous allez avoir une surprise.

────QUESTION────
De quelle porte parle Adèle ?

UN TRÉSOR BIEN CONSERVÉ

En suivant le regard d'Adèle, l'agent Courtepoigne aperçut la trappe.
– Levez-vous ! ordonna-t-il à Rita Duclos.
Elle s'exécuta en maugréant. Quand Courtepoigne tira sur l'anneau en fer, elle se rua sur lui, criant d'une voix furibonde :
– Il n'y a personne à la cave, vous m'entendez ? Personne.
L'agent l'écarta et souleva la trappe. Un sourire illumina ses traits.
– Police ! dit-il. Dépêchez-vous de remonter, monsieur… « Personne » !
Sous son casque de moto, la tête de Chourave surgit des profondeurs.
– Ouf ! fit la « Main noire » en chœur. Sa réputation était sauvée.
Courtepoigne sortit les menottes et attacha le suspect à son poignet.
– Je vais porter plainte, fulmina ce dernier, ça, je peux vous le dire.
– Dites-nous plutôt où se trouve le sac de camping, coupa le policier.
Chourave fit semblant de ne pas comprendre et se mura dans un silence dédaigneux. Le deuxième policier remonta de la cave, brandissant le sac. Courtepoigne y glissa la main. Il était vide. Pour couper court aux questions des policiers, Rita Duclos choisit d'intervenir.
– Monsieur est mon fiancé, mais c'est encore un secret. Je lui avais donné ce sac pour aller chercher des pommes de terre à la cave, et c'est à ce moment-là que vous êtes arrivés. Alors, vous comprenez…
Et elle se lança dans un long discours pour innocenter Chourave. La « Main noire » en profita pour descendre à la cave en catimini et inspecter son contenu. En entendant glousser Salim, ses camarades suivirent son regard.
– C'est original comme coffre à bijoux, dit-il, vous ne trouvez pas ?

————QUESTION————
Qu'a découvert Salim ?

LE TUNNEL DES CONTREBANDIERS

C'EST ARRIVÉ À 17 H 04

Un après-midi d'un des derniers jours de juin, Émile arriva avec une lettre au tranquilloport.

« Cher Émile, j'ai lu dans le journal que la "Main noire" avait permis l'arrestation d'un cambrioleur et que vous aviez retrouvé son butin caché dans un bocal de conserve. Toutes mes félicitations à toi et tes amis.

Affectueusement, ton oncle Paul.

P.S. Les vacances approchent. Venez donc prendre un bol d'air pur à la ferme. Vous ne vous ennuierez sûrement pas, je vous le garantis. »

Le samedi suivant, la « Main noire » prit place dans le tortillard qui montait à Beaumont-les-Bains. La vieille locomotive à vapeur avançait du mieux qu'elle pouvait, assurant son petit trente à l'heure. Félix somnolait, Salim comptait les poteaux télégraphiques, Adèle lisait.

– On aurait plus vite fait d'y aller à vélo, dit Émile. Quelle heure est-il ?

– Dix-sept heures trois, mon garçon, répondit le curé assis sur la banquette en face. Il ne nous reste plus qu'à traverser le grand tunnel.

Déjà le train s'engageait dans le tunnel, plongeant le wagon dans l'obscurité la plus totale. Seul rougeoyait le tabac des fumeurs. Tatata... tatata... tatata... faisaient les roues. Soudain, une femme s'écria :

– Aïe, mon pied ! Mais faites donc attention !

La porte du compartiment s'ouvrit, laissant entrer une odeur âcre de fumée. Quelques secondes plus tard, elle se referma en claquant.

– Qui a bien pu aller à la porte ? chuchota Salim à l'oreille d'Adèle.

– C'est évident, murmura-t-elle dès que le train fut sorti du tunnel.

───────────── QUESTION ─────────────

Qui, parmi les voyageurs, s'est visiblement déplacé dans l'obscurité ?

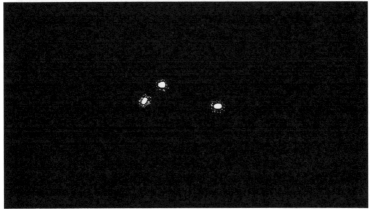

UNE VALISE MYSTÉRIEUSE

Du coin de l'œil, la « Main noire » étudiait l'étrange voyageur qui tenait son journal à l'envers. Soudain, Salim tira discrètement sur la manche de Félix pour attirer son regard sur le porte-bagages.

– La valise ! dit-il entre les dents, elle n'était pas là tout à l'heure.

À peine le train était-il entré en gare de Beaumont-les-Bains que l'homme au journal saisit la valise et sauta sur le quai. La « Main noire » lui emboîta le pas, filant sous le nez de l'oncle d'Émile sans même l'apercevoir. L'œil aux aguets, l'homme se précipita vers la sortie.

– Vite ! Relevez le numéro sur sa valise ! lança Félix à ses camarades.

– Bienvenue, les enfants ! dit l'oncle Paul tout essoufflé quand il les rejoignit enfin sur la place de la gare. Vous m'avez l'air pressés d'arriver. Allez, montez donc ! Je vous présente Georges, mon nouvel employé.

Mais au lieu de monter dans la carriole, la « Main noire » s'immobilisa. Quelques mètres plus loin, l'homme du train avait tiré une clé de sa poche et s'apprêtait à ouvrir la portière d'une grosse limousine.

– Qu'est-ce qu'il a fait de la valise ? demanda Félix à voix basse.

– Ç... Ça alors ! bredouilla Émile. C'est vrai qu'il ne l'a plus.

– Il a dû la mettre dans le coffre, chuchota Adèle.

À ce moment précis, Salim se mit à siffloter d'un air détaché. Les autres suivirent son regard. Adèle le gratifia d'une tape amicale.

– L'œil de lynx a déniché l'objet de nos recherches. Qui montera verra.

Émile fit un clin d'œil à Félix et le prit par le bras.

– Allez, tout le monde en voiture ! Et en avant pour de nouvelles aventures !

---QUESTION---
Où l'homme a-t-il déposé la valise ?

UN TROU DANS LE PLANCHER

Incroyable ! Pour quelle raison le voyageur avait-il glissé la valise suspecte sous le siège de Georges, le cocher de l'oncle Paul ? Émile n'en revenait pas. Il se tournait dans son lit sans trouver de réponse. L'horloge de l'église venait de sonner les dix coups quand soudain, il entendit un bruit de pas dans la cour. Il se redressa et jeta un coup d'œil par la fenêtre. D'un bond, il sauta de son lit pour réveiller les autres.

– Debout tout le monde, et en silence. J'ai quelque chose à vous montrer.
– Tu as interrompu mon rêve, ronchonna Adèle en se frottant les yeux.
– J'ai mieux que ton rêve, dit Émile. Dehors, il y a Georges avec la valise !
En un rien de temps, la « Main noire » fut sur pied.
– À vos chaussettes ! commanda Félix, et chacun enfila les siennes.
Ils sortirent sur le palier. Au bout de quelques pas feutrés, Émile écarta les bras.
– Attention, lumière suspecte ! murmura-t-il en se penchant sur un trou dans le plancher en bois d'où montait une lueur. Il retint son souffle. Par le trou, il voyait Georges, assis à une table, la valise ouverte devant lui.
De la valise, Georges sortit une boîte ronde. Il prit son canif et fit sauter le couvercle qui atterrit sur le sol avec un tintement métallique. Georges renversa le contenu de la boîte sur la table. « Un, deux, trois… » comptait-il de sa voix rauque.
Émile fit signe à Adèle de prendre sa place. Quand elle se releva quelques instants plus tard, elle était tordue d'un fou rire silencieux.
– Ah non, c'est trop marrant ! gloussa-t-elle. Vous savez ce que Georges est en train de compter ? Félix, Salim, venez voir, ça vaut le coup d'œil !

————QUESTION————
Que contient la boîte ronde ?

LA CLÉ EST SUR LA PORTE

« Bouillon de poule » était le nom inscrit sur le couvercle de la boîte.

– Cette affaire me paraît de plus en plus louche, déclara Félix lorsqu'ils eurent regagné leurs lits. Je propose qu'on surveille Georges de près.

Et c'est ce que fit la « Main noire » dès le lendemain matin. Pour découvrir en tout et pour tout que Georges avait une prédilection pour les œufs de poule crus qu'il dérobait au poulailler et gobait en cachette. Il n'y avait pas là de quoi fouetter un chat.

Le soir tombé, la « Main noire » s'amusait à attraper des lucioles dans le jardin quand soudain, elle vit Georges quitter la ferme d'un pas furtif et prendre le chemin de Beaumont-les-Bains.

– Filons-le ! ordonna Félix, et, aussitôt, quatre ombres silencieuses s'attachèrent aux talons du suspect. Arrivé à l'entrée de la bourgade, Georges disparut derrière la porte du « Chevalier bleu », la seule boîte de nuit de la région. D'une fenêtre au ras du sol parvenait un brouhaha de voix sur fond de musique. Salim s'en approcha en rampant.

– Pouah ! fit-il, c'est drôlement enfumé là-dedans. Tiens, voilà Georges !

– Qu'est-ce qu'il fait ? demanda Adèle.

– Il est assis à une table. Un homme vient vers lui... lui donne de l'argent, beaucoup d'argent !... et Georges lui donne une clé.

– Une clé ? Mais pour quoi faire ?

D'un signe de la main, Salim lui intima de se taire. Quand, enfin, il se retourna, il avait l'air ahuri.

– Des cubes de bouillon de poule enfermés dans un coffre-fort ! C'est du jamais vu ! Et vous ne devinerez jamais où se trouve la porte du coffre !

————QUESTION————
Où est cachée la porte du coffre-fort ?

C'EST HALLUCINANT !

– C'est très astucieux, murmura Adèle quand elle aperçut la porte du coffre dissimulée dans le tableau derrière le comptoir. Mais quel intérêt y a-t-il à enfermer des cubes de bouillon dans un coffre-fort ?

Quand la « Main noire » revint le lendemain matin au « Chevalier bleu », elle vit, à travers la porte entrouverte, une femme de ménage passer la serpillière en chantonnant. Lorsqu'elle sortit dans la cour pour vider son seau, Salim se précipita sur la pelle qu'elle avait abandonnée dans un coin de la salle. Il revint, brandissant triomphalement entre le pouce et l'index un des fameux cubes de bouillon de poule. Adèle arracha le papier doré. Le contenu ressemblait à un morceau de sucre ordinaire. Elle le huma.

– Ça ne sent rien, dit-elle. Mais je ne pense pas que ça soit du sucre.

Peu après, M. Ducerf, le pharmacien de Beaumont-les-Bains, examina le cube mystérieux sous le regard intrigué de la « Main noire ». Il marmonnait des mots incompréhensibles en consultant un gros livre. Lorsqu'il le referma, sa mine était grave.

– Vous êtes bien sûrs de l'avoir trouvé au « Chevalier bleu » ?

– Oui, et il y en a plein d'autres, dit Salim.

– En avez-vous goûté ?

– Non, dit Adèle, on n'est pas fous. Avez-vous trouvé de quoi il s'agit ?

– Oui, dit le pharmacien. Vous avez bien fait de venir me voir. Je vais alerter la police. Merci beaucoup, les enfants. Vous pouvez repartir.

Félix entraîna ses camarades vers la sortie.

– Je pense que vous avez compris ce qui se vend au « Chevalier bleu ».

QUESTION

Que contient le faux cube de bouillon ?

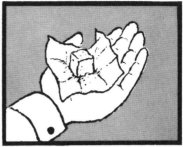

UN MESSAGE EN MIETTES

– Des hallucinogènes ? demanda Salim Alec. Qu'est-ce que c'est ?

– Ce sont des substances qui font voir des choses qui n'existent pas, expliqua Félix. Il est interdit de les vendre et de les consommer parce qu'elles sont dangereuses pour la santé.

– Et c'est l'homme à la valise qui en fait le trafic, conclut Adèle. Mais que vient faire Georges dans cette affaire ?

L'oncle Paul était ravi de l'intérêt soudain que ses jeunes invités montraient pour les travaux de la ferme. Comment pouvait-il se douter que récolter les haricots verts, donner à manger aux lapins et arracher les mauvaises herbes leur fournissaient le prétexte idéal pour surveiller les allées et venues de Georges et observer tout ce qui se passait sur la propriété ? Hélas ! Il ne se passait plus rien. Jusqu'à ce que, deux jours plus tard, en plein après-midi, un garçon franchit le portail.

– Où vas-tu ? demanda Salim en lui barrant le chemin.

– Voir Georges. J'ai une lettre pour lui. Laisse-moi passer.

En apercevant le garçon, Georges abandonna sa brouette de fumier au milieu de la cour, prit le pli et s'enferma dans sa chambre. Cachée derrière la haie, l'équipe de la « Main noire » le vit ouvrir l'enveloppe d'un geste impatient. Il en sortit une feuille de papier qu'il parcourut en vitesse pour la déchirer ensuite en petits morceaux qu'il jeta par la fenêtre. Puis, il claqua la porte et retourna à sa brouette.

Dix minutes plus tard, la « Main noire » avait étalé les bouts de papier dans un coin de la grange pour tenter de les assembler.

– Ça y est, s'écria soudain Salim. Enfin un peu d'action en vue !

——QUESTION——
Quel est le texte du message ?

UNE RENCONTRE AU SOMMET

« Rendez-vous au téléphérique, dimanche à 14 heures. Le patron » disait le message mystérieux. Le dimanche suivant, peu avant quatorze heures, la « Main noire » était en place pour son travail d'observation. À quatorze heures précises, Georges apparut avec la valise. Quelques secondes plus tard, l'homme du train le rejoignit. Ils montèrent vers la station du téléphérique et s'arrêtèrent non loin du poste de douane. Déjà la cabine glissait vers la gare d'arrivée, et quelques instants plus tard, la foule des passagers se déversa sur le perron.

– Regardez ! dit Félix en montrant discrètement un homme qui se dirigeait vers les deux autres. Ensemble, ils allèrent s'asseoir à la terrasse du « Café du téléphérique ». Après avoir jeté quelques regards prudents à la ronde, ils entamèrent une discussion animée.

Abrités par la haie qui bordait la terrasse, Adèle et les garçons tentaient de capter la conversation des trois hommes.

– Je n'entends rien, pesta Salim, le nez enfoui dans le feuillage.

– Chut ! fit Adèle. Moi, j'ai entendu 17 h 10. Plusieurs fois.

Après le départ des trois hommes, Félix se tourna vers elle.

– Alors, raconte ! Qu'est-ce qui se passera à 17 h 10 ?

– Quelque chose en rapport avec le train de Beaumont-les-Bains. Et avec une marchandise à remettre. Dans le tunnel, je crois.

– Quel jour ? demanda Émile, mais Adèle haussa les épaules.

– Mais voyons, c'est simple, dit Salim. Un train n'arrive à Beaumont-les-Bains à cette heure-là qu'un seul jour par semaine.

---QUESTION---

Quel jour la « marchandise » doit-elle arriver à Beaumont-les-Bains ?

UNE VOIE OBSCURE

L'horaire devant l'office de tourisme l'indiquait clairement : c'était uniquement le samedi qu'un train arrivait à Beaumont-les-Bains à 17 h 10, celui-là même que la « Main noire » avait pris pour venir.

Félix prit une profonde inspiration et se tourna vers ses amis.

– Je pense que les choses sont claires. On va se cacher dans le tunnel pour observer la remise de la contrebande. Tout le monde est d'accord ?

Le samedi après-midi, la « Main noire » se dirigea le long de la voie ferrée vers l'entrée du tunnel située non loin de la frontière.

– Soyez prudents ! dit Félix, et restez le plus près possible de la paroi !

Ils avancèrent à la queue leu leu. Adèle alluma sa lampe de poche. Au milieu du tunnel, elle s'arrêta subitement.

– Vous entendez ?

– Oui, dit Salim, on dirait de l'eau qui coule. Ça vient d'en face.

Adèle promena le rayon de sa torche sur la paroi opposée. Une niche apparut dans la roche. Un filet d'eau tombait du haut de la cavité et s'écoulait vers le fond. Ils traversèrent les rails. L'Écureuil sauta par terre. Salim lui donna une caresse pour l'encourager.

– Vas-y, mon petit éclaireur, dit-il. Ouvre-nous la voie, nous te suivrons.

Au bout de quelques mètres, le passage s'élargissait pour déboucher sur une grotte d'où partaient d'autres galeries. Émile était aux anges.

– Je parie que c'est par ici que les contrebandiers accèdent au tunnel.

– Mais non, dit Adèle, à part nous, personne n'a jamais mis le pied ici.

– Erreur, chère amie, murmura Félix. Quelqu'un nous a précédés.

—QUESTION—
Qu'a aperçu Félix ?

SOUS LE NEZ DE LA SORCIÈRE

Une bougie à moitié consumée, collée à même la pierre, prouvait que quelqu'un avait emprunté ce chemin avant la « Main noire ».

– J'avais raison, jubila Émile en faisant un pied de nez à Adèle.

– Un bon point, dit Félix en guise de compliment. Si tu pouvais nous dire également par où entrent les contrebandiers, ce serait parfait.

– Je sais seulement que la frontière passe au milieu de la montagne.

– Chut ! fit Salim. Vous entendez ? On dirait un bruit de voix.

En se cramponnant aux aspérités de la roche, la « Main noire » pénétra dans une des galeries étroites. Le murmure devenait plus distinct, c'était une voix d'homme qui semblait tenir un monologue. Après un tournant, le boyau exigu s'ouvrait sur une superbe grotte aux dimensions impressionnantes, plantée de stalagmites et de stalactites puissantes et ruisselantes que des guirlandes d'ampoules électriques éclairaient d'une vive lumière. Adèle poussa un sifflement d'admiration.

– C'est la grotte du Diable, chuchota Émile. Je l'ai visitée avec mon oncle, l'année dernière. L'entrée se trouve de l'autre côté de la frontière.

– Par ici, mesdames et messieurs ! résonnait la voix d'homme, toute proche maintenant. C'était celle d'un guide professionnel.

La « Main noire » s'accroupit derrière une grosse stalagmite. Suivi de son groupe de touristes, le guide traversa la grotte et s'arrêta sous le Nez de la Sorcière. Il attendit que son petit monde se soit rassemblé autour de lui pour relancer son commentaire. Émile étouffa un cri de surprise.

– Ça alors ! Vous avez vu ? Une personne du groupe a disparu !

– On la retrouvera, le rassura Adèle. J'ai vu ce qu'elle portait.

QUESTION

Que porte la personne qui vient de disparaître ?

À FOND DE TRAIN

– C'était un homme, et il portait une valise, expliqua Adèle quand le guide et les touristes se furent éloignés.

– Retour au tunnel ! ordonna Félix, et la « Main noire » rebroussa chemin. Un grondement lointain se fit entendre. Salim consulta sa montre.

– 17 h 04, dit-il, le train est à l'heure.

Le grondement s'approchait, s'amplifiait et, au moment où la « Main noire » atteignit le tunnel, la vieille locomotive passait dans un fracas étourdissant de rails et de rouages. À travers les nuages de vapeur, Adèle et ses amis virent un homme sauter sur le marchepied d'une voiture dont la porte venait de s'ouvrir.

– Baissez-vous ! cria Félix pendant que le convoi défilait devant eux.

Ils le suivirent des yeux, mais, contrairement à ce qu'ils avaient escompté, l'homme ne redescendit pas.

– Il nous a vus ! s'écria Adèle. Vite, il faut suivre le train !

C'était plus facile à dire qu'à faire ! Sautant de traverse en traverse, ils se lancèrent dans une course effrénée. Quand, après un sprint final, ils arrivèrent enfin, exténués et à bout de souffle, aux abords de la gare de Beaumont-les-Bains, ce fut pour voir démarrer, dans un vrombissement de moteur, la grosse limousine de l'homme au journal.

En trottinant tristement, ils descendirent la rue de la gare et s'arrêtèrent au premier carrefour.

– Ils nous ont semés, marmonna Émile d'un ton rageur.

– Pas tout à fait, répliqua Adèle, l'air soudainement ragaillardi. Regarde ! On voit bien dans quelle direction ils ont foncé.

———— QUESTION ————
Quelle direction a pris la limousine ?

UNE TÉNÉBREUSE AFFAIRE

Comme la trace des pneus sur la chaussée l'indiquait, la voiture avait tourné en direction de la place du marché. Adèle en tête, la « Main noire » reprit sa poursuite. Sur la place du marché, le moral retomba : la limousine n'y était pas. Salim se ressaisit le premier.

– Ils ont dû aller directement chez Georges, dit-il. Allez, en route !

– Je n'en peux plus, bougonna Émile, j'ai des ampoules.

– Ça tombe bien, ricana Adèle, comme ça, tu nous éclaireras.

La nuit tombait quand ils approchèrent enfin de la ferme de l'oncle Paul.

– Regardez ! chuchota Salim. On dirait un fantôme.

À pas furtifs, le garçon de ferme se faufilait entre les arbres de la cour pour disparaître dans le hangar où étaient rangés les engins agricoles. Ils le suivirent silencieusement pour tomber nez à nez avec la limousine, garée de l'autre côté du bâtiment. Sur un signe d'Adèle, ils se cachèrent derrière une meule de foin. Du hangar leur parvenaient des murmures, entrecoupés de coups de marteau et de bruits de tôle. Une appétissante odeur de poulet rôti commençait à flotter dans l'air. Émile roula des yeux gourmands.

– Un poulet ! gémit-il. Doré et croustillant, avec des tonnes de frites.

Adèle allait lui dire de se taire quand elle aperçut trois ombres qui s'éloignaient. Georges et ses mystérieux visiteurs franchissaient le portail. La limousine était toujours là. Rien ne semblait avoir changé. Mais tout à coup, Émile sursauta.

– Ça-a-a alors ! bégaya-t-il, m-m-maintenant, je comprends ce qu'ils ont fait dans le hangar. V-v-vous v-v-voyez ce que je v-v-veux dire ?

– Évidemment, répondit Félix. Et c'est du travail de professionnel.

———QUESTION———
Qu'ont fait Georges et ses complices ?

GEORGES SE FAIT BEAU

Georges et ses complices avaient changé les plaques minéralogiques de la voiture. La « Main noire » décida de donner l'alarme.

– Entrez ! cria l'oncle Paul quand Émile et ses amis frappèrent à sa porte.

Il referma son livre de comptes et posa ses lunettes. Après avoir écouté patiemment le récit de leurs aventures, il éclata de rire.

– Ce brave Georges, un dangereux criminel ? Elle est bien bonne, mes enfants ! Puisque vous paraissez tellement sûrs de vous, allons donc poser la question à l'intéressé lui-même.

– Et s'il est armé ? s'inquiéta Adèle.

– Une arme ? s'esclaffa l'oncle d'Émile. Dans ma maison, il n'y a ni pistolet ni revolver, pas même le moindre petit pétard.

Arrivé devant la porte de la chambre de Georges, il frappa trois coups. Personne ne répondit. Il tourna la poignée. En vain. Mais l'instant d'après, la clé tourna dans la serrure et, dans l'encadrement de la porte, Georges apparut en tenue de soirée.

– Alors, mon cher Georges, vous vous êtes mis sur votre trente et un à ce que je vois. Vous sortez ce soir ?

– Oui, c'est-à-dire que je… euh, bredouilla Georges… je vais au cinéma.

– Très bien, dit l'oncle Paul, que cette réponse semblait satisfaire. Excusez-nous de vous avoir dérangé.

C'est alors qu'Émile tira discrètement sur la manche de son veston. L'oncle suivit le regard de son neveu. Son visage placide s'empourpra.

– Venez, les enfants, dit-il sur un ton enjoué qui masquait parfaitement sa surprise. Si nous allions faire un jeu de société ?

-----------------------QUESTION-----------------------
Sur quoi Émile a-t-il attiré le regard de son oncle ?

ENVOLÉ !

L'oncle entraîna les enfants dans le couloir et referma la porte.

– Un pistolet sous l'oreiller ! explosa-t-il en ayant soin de mettre un silencieux à sa voix. Et moi qui prenais Georges pour un employé modèle. Vous avez raison. Il faut agir immédiatement. Courez vite prévenir les gendarmes. Je reste ici pour le surveiller.

Adèle fronça les sourcils.

– Pourquoi ne leur téléphonez-vous pas ? demanda-t-elle.

– Parce que le téléphone est dans le salon, juste à côté de sa chambre. Georges pourrait nous entendre.

Sans un bruit, les quatre amis se glissèrent vers le portail. Adèle se retourna. Derrière sa fenêtre, Georges guettait. Les avait-il vus ?

– Allez ! On fonce ! cria Félix dès qu'ils furent hors de portée de voix. Cinq minutes plus tard, le gendarme Moutard, tout occupé à déguster son casse-croûte, crut rêver en voyant débouler dans sa gendarmerie quatre enfants dont un avec un écureuil sur l'épaule. Après avoir troqué son jambon-beurre contre son arme de service, il invita la « Main noire » à monter dans sa voiture, coupa la sirène et démarra en douceur, tous feux éteints. La route était truffée de nids-de-poule. Adèle et les garçons furent secoués comme des pruniers et se dépêchèrent de descendre dès que Moutard eut arrêté son véhicule. L'oncle se tenait sur le seuil de la porte d'entrée d'où il montait la garde.

– Il n'a pas bougé de sa chambre, dit-il à voix basse.

– Allons-y gaiement ! murmura le gendarme en dégainant son arme.

– Ce n'est plus la peine, soupira Félix. Regardez ! L'oiseau s'est envolé.

—————— **QUESTION** ——————

Qu'est-ce qui trahit la fuite de Georges ?

AU KILOMÈTRE 57

Félix avait raison. Georges était passé par la fenêtre, renversant dans sa fuite un pot de fleurs. Suivis par le gendarme Moutard, les enfants se précipitèrent vers le hangar pour constater que la limousine n'y était plus.

– De quel modèle de voiture s'agissait-il ? s'enquit le gendarme.

Pendant qu'Émile le renseignait, Adèle fouilla les abords de l'endroit où la voiture avait été remisée.

– Excusez-moi, pourriez-vous vous pousser un peu ? demanda-t-elle tout à coup à Moutard.

Le gendarme s'exécuta. Adèle se baissa pour ramasser un bout de carton marron qui gisait par terre, à côté du siège du conducteur.

– Nom d'une pipe ! s'exclama Moutard. Ce morceau a été arraché à une boîte de cartouches. Il faut se dépêcher !

Il fit signe à la « Main noire » de remonter dans sa voiture. Puis il alerta par radio les postes de police des environs avant de s'engager sur la route de Villeneuve. Les kilomètres filèrent sans qu'ils ne trouvent la moindre trace, ni de Georges et ses complices, ni de la limousine. Au kilomètre 57, Moutard s'arrêta brusquement.

– Ce n'est pas la peine de continuer dit-il, ils ont dû emprunter une autre route. Guidez-moi pendant que je fais demi-tour. Ce n'est pas le moment de se mettre dans le fossé.

Pendant que les garçons aidaient à la manœuvre, Adèle s'était éloignée un court instant. Elle retourna à la voiture en criant :

– Stop ! Remettez-vous dans l'autre sens. Nous étions sur la bonne voie. Venez voir ce que j'ai trouvé !

---QUESTION---

Qu'a découvert Adèle ?

DES CLOUS !

Le gendarme Moutard contempla la boîte de cartouches vide qu'Adèle avait trouvée sur le bas-côté de la route. Il tira le morceau de carton de sa poche et le mit en place. Les deux parties s'ajustaient parfaitement.

– Chapeau, mademoiselle ! dit-il en portant la main à son képi. En route, tout le monde ! Il faut rattraper les suspects avant qu'ils ne franchissent le pont. Attachez vos ceintures et tenez-vous bien !

Penché sur le volant, il fonça à toute allure vers la vallée. Dans le fond de la voiture, la « Main noire » fut ballottée sur la banquette à chaque virage, et il y en avait beaucoup. Félix serrait les dents, Adèle mordillait le bout de ses nattes, Émile, de plus en plus livide, avalait difficilement sa salive tandis que Salim cassait tranquillement des noisettes pour son écureuil.

Une lumière rouge clignotait au lointain, et le gendarme ralentit.

– Les collègues sont arrivés, dit-il, et il s'arrêta au barrage de police.

En descendant, Félix, Adèle, Salim et Émile tombèrent sur une vieille connaissance.

– Que faites-vous donc ici ? s'exclama l'agent Courtepoigne.

– Nous poursuivons la voiture des trafiquants, déclara Félix.

– Immobilisée, dit Courtepoigne en la montrant. Notre tapis clouté l'a stoppée net. Nous en avons profité pour arrêter ces deux messieurs.

La « Main noire » reconnut les complices de Georges.

– Malheureusement le troisième homme nous a filé entre les doigts.

Salim était descendu vers la rivière d'où il les appelait.

– Le voilà en train d'abîmer son beau costume. Il n'a pas l'air à son aise.

———QUESTION———
Où Georges est-il caché ?

AU « RELAIS DES DOUANIERS »

Georges était accroché aux poutres métalliques du pont. Adèle, Émile et Félix se précipitèrent sur la berge, suivis par l'agent Courtepoigne.

– Rendez-vous ! tonna-t-il en direction de Georges.

Celui-ci ne fit même pas mine de vouloir obtempérer.

– Je compte jusqu'à trois, reprit le policier sur un ton d'autorité.

Il avait à peine eu le temps de compter jusqu'à deux quand Georges lâcha subitement prise et plongea dans le torrent. L'eau noire bouillonnait, des vaguelettes vinrent clapoter contre la berge, et tout le monde se tut. Mais quelques secondes plus tard, la tête de Georges surgit de l'eau, ses bras s'agrippèrent à une pierre et il se hissa hors des flots. Sautant habilement de pierre en pierre, il se dirigea vers l'autre berge.

– Il a eu une chance inouïe de ne pas se rompre les os, dit l'agent en remontant le talus, car l'eau est peu profonde ici. Maintenant, il faut le cueillir avant qu'il ne disparaisse dans la nature.

Mais le temps d'atteindre l'autre rive, Georges s'était éclipsé sans laisser de trace. Courtepoigne se frotta le menton.

– Je vais appeler des renforts, déclara-t-il. Il faut quadriller le terrain.

Félix le retint en pointant du doigt une bâtisse d'où venait de la lumière.

– Le « Relais des douaniers », murmura l'officier de police, mais bien sûr ! Pourquoi n'y ai-je pas pensé plus tôt ? C'est une auberge mal famée, le repaire de tous les individus louches de la région. Allons y jeter un coup d'œil !

Peu après, Félix pressait son nez contre la vitre et s'exclama :

– Vous voyez l'homme là-bas ? Ça ne peut être que lui.

QUESTION

À quoi Félix a-t-il reconnu le fugitif ?

....

UN COUP DE FEU

– **B**ravo, mon garçon ! murmura l'agent Courtepoigne quand il aperçut la flaque d'eau qui s'était formée aux pieds de Georges. Je vais m'occuper de lui. Vous, les enfants, restez en arrière !

Il poussa la lourde porte de l'auberge et pénétra dans une entrée mal éclairée. Sans un bruit, la « Main noire » le suivit. Mais Georges devait avoir senti le courant d'air, car, en un éclair, il avait dégainé son pistolet. Le coup de feu partit, pulvérisant le lustre au-dessus du comptoir et plongeant la salle dans le noir. Personne ne broncha dans l'assistance. L'agent Courtepoigne poussa un horrible juron auquel répondit un silence tendu. Soudain, une porte claqua.

– Ça venait de la gauche, chuchota Adèle.

Quelqu'un frotta une allumette. Courtepoigne sortit son arme de service, se précipita sur la porte qui venait de claquer et l'ouvrit d'un coup sec. Elle donnait sur un long couloir sombre qui sentait le renfermé. L'agent s'y engouffra, et la « Main noire » lui emboîta le pas. Le couloir débouchait sur la salle de bal. Salim appuya sur l'interrupteur. Sous la lumière crue des plafonniers, les lampions du dernier bal se balançaient au bout de leur fil. Le rideau devant la fenêtre ouverte dansait au gré du vent.

– Il nous a encore filé entre les doigts ! rugit Courtepoigne.

– Ne vous en faites pas, dit calmement Adèle. Il reviendra sûrement.

– Tiens donc, fit l'agent sur un ton moqueur. Et comment le sais-tu ?

C'est alors qu'Émile intervint pour défendre son amie.

– Adèle a raison. Georges reviendra pour récupérer sa valise.

QUESTION

Où Adèle et Émile ont-ils vu la valise en question ?

BRAVE CÉSAR !

Sur les indications d'Adèle et d'Émile, l'officier de police alla chercher la valise, cachée dans le piano. Il la secoua d'un geste agacé pour faire sauter les serrures. Aussitôt, des centaines de petits cubes dorés dégringolèrent sur le sol. Courtepoigne les contempla avec stupéfaction.

– C'est donc ça, les fameux bouillons de poule. Effectivement, c'est à s'y méprendre.

Il se tourna vers la « Main noire ».

– Si j'ai bien compris ce que m'ont dit les collègues de Beaumont-les-Bains, c'est vous qui avez découvert le pot aux roses ? Allez, racontez-moi tout, depuis le début !

Tout en aidant l'officier de police à remettre les cubes dans la valise, les quatre amis lui résumèrent l'affaire, de leur départ pour la ferme de l'oncle Paul, deux semaines plus tôt, jusqu'à la course poursuite en compagnie du gendarme Moutard.

– Quelle histoire, mes enfants ! soupira Courtepoigne en guise de conclusion, tandis qu'il posait un regard, mi-sévère, mi-admiratif, sur ses jeunes assistants. Maintenant, laissez faire la police, et promettez-moi de ne plus vous mêler de choses aussi dange…

Des aboiements féroces parvinrent de la cour, interrompant son discours. La « Main noire » se précipita au-dehors par la porte du fond de la salle.

– Couché César ! cria l'aubergiste, courant après son chien qui montrait des crocs acérés à Georges, réfugié en haut du pommier.

– Attention ! cria Courtepoigne en accourant, l'homme est armé !

– Mais non ! répliqua Émile qui caressait le chien. Il ne l'est plus. Regardez !

———QUESTION———
Où Émile a-t-il aperçu le pistolet de Georges ?

UN ENLÈVEMENT AU ZOO

LA CLÉ DU MYSTÈRE

Pour fêter l'exploit de la « Main noire », l'oncle Paul fit rôtir un beau poulet, qu'accompagnaient des frites dorées et croustillantes. Le pharmacien Ducerf et le gendarme Moutard étaient conviés au repas. Ce soir-là, on rit beaucoup et on se coucha fort tard. Le lundi matin, l'oncle reconduisit les quatre amis et l'Écureuil à la gare de Beaumont-les-Bains. Il agita son chapeau jusqu'à ce que le train ait disparu dans le tunnel.

– Ouf ! fit Félix en se laissant tomber sur la banquette, c'est fatigant, la campagne. Maintenant, repos pour tout le monde !

Lorsque le train s'arrêta à la station suivante, Émile baissa la vitre.

– Trafiquants de drogue arrêtés ! criait le vendeur de journaux qui passait sur le quai. La bande des bouillons de poule sous les verrous !

– S'il vous plaît, monsieur, appela Adèle en lui tendant l'argent.

L'article figurait en page deux. Elle en lut la fin à ses camarades :

– « … Georges D. fut emmené au poste. Son pistolet avait été retrouvé au milieu des bouteilles vides dans la cour du Relais des douaniers. »

Un titre sur l'autre page avait attiré le regard de Salim :

– « Enlèvement au zoo », lut-il. Esméralda, la petite panthère noire à été enlevée dans sa cage, pourtant fermée à clé. Le criminel n'a laissé aucune trace… »

– C'est un cas pour nous, s'exclama Félix qui avait retrouvé son entrain.

Salim et Adèle échangèrent un regard sceptique, mais Émile avait déjà sorti sa loupe et scrutait la photo. Soudain, il s'écria :

– Regardez ! Le coupable a perdu quelque chose sur le lieu de son crime.

----------QUESTION----------
Qu'est-ce qu'Émile a aperçu sur la photo ?

UN BRAS TRÈS LONG

De retour à Villeneuve, les membres de la « Main noire » enfourchèrent leurs vélos et pédalèrent jusqu'au zoo. La clé se trouvait toujours au même endroit, accrochée à la branche d'un buisson, devant la cage 82, celle de la petite panthère disparue. Salim la ramassa avec précaution.

– Allons voir le gardien des fauves ! dit-il.

En voyant la clé, le gardien fit les yeux ronds.

– Corne d'aurochs ! s'exclama-t-il. Où l'avez-vous donc trouvée ?

La « Main noire » se présenta. Salim raconta comment Émile avait repéré la clé sur la photo parue dans le journal. Le gardien sourit sous son épaisse moustache et leur tendit la main.

– Enchanté de faire votre connaissance. J'ai déjà entendu parler de vous. Je m'appelle Jules Bulbognian et je serais ravi si vous pouviez m'aider à retrouver l'odieux individu qui a enlevé ma petite Esméralda.

Il leur montra le tableau où étaient accrochées les clés des cages, à l'exception de celle de la panthère, et haussa tristement les épaules.

– Je ne comprends pas comment on a pu la voler. La porte de mon bureau a une serrure de sécurité. Je la ferme toujours à clé.

– Et la fenêtre ? demanda Émile.

– Elle était entrebâillée, mais voyez vous-mêmes ! Personne ne peut passer entre les barreaux pour enlever la clé du tableau.

– À moins d'avoir un bras à rallonge, dit Adèle en plaisantant.

– Tu ne crois pas si bien dire, répliqua Félix. Le voleur de clé disposait effectivement d'un bras très long. Regardez ! Le voilà.

QUESTION

Qu'est-ce qui a permis au voleur de dérober la clé sur le tableau ?

UN COUP DE PEIGNE RÉVÉLATEUR

C'était un rateau qui avait permis de dérober la clé. Quelqu'un avait vissé un crochet au bout du manche pour pouvoir l'attraper. La « Main noire » refit l'expérience pour s'en convaincre. Cela marchait parfaitement bien.

– C'est drôlement astucieux ! murmura Félix.

– Qui s'est servi de ce rateau dernièrement ? demanda Adèle au gardien.

– Le jardinier, dit Jules Bulbognian après un moment de réflexion. Pas plus tard qu'hier matin, quand il a tondu la pelouse devant mon bureau.

Félix se baissa pour examiner quelques brins d'herbe qui avaient échappé aux dents du rateau.

– Vous connaissez bien le jardinier ? s'enquit-il.

– Pas vraiment, dit le gardien. Il n'y a pas longtemps qu'il travaille ici.

Salim observait l'Écureuil qui faisait de grands bonds sur la pelouse. Il se mit à quatre pattes et le suivit. Quand il se releva quelques instants plus tard, il brandit un peigne noir aux dents ébréchées.

– Indice numéro deux ! jubila Émile. Ce peigne a dû glisser de la poche du voleur.

– Ou du jardinier, dit Félix. À moins que le jardinier ne soit le voleur.

Ils trouvèrent le jardinier au parc des dinosaures. Salim l'aborda.

– Pardon, monsieur, vous n'auriez pas perdu quelque chose hier ?

Le jardinier s'épongea le front. Il leur jeta un regard méfiant.

– Non, pas que je sache, grommela-t-il enfin et il remit la tondeuse en marche.

– Tu as failli faire une grosse gaffe, Salim, s'esclaffa Émile. Le propriétaire du peigne, ça n'est sûrement pas lui.

<hr>

QUESTION

Pourquoi le peigne ne peut-il pas appartenir au jardinier ?

VOLATILISÉ !

– C'est vrai qu'il est chauve comme un œuf, gloussa Adèle, les yeux fixés sur le crâne luisant du jardinier. Mais ça ne nous dit toujours pas à qui est ce fichu peigne.
– Si, dit Salim. À quelqu'un qui a des cheveux noirs frisés. Regardez !
Tenant le peigne à bout de bras, il montra aux autres ce qu'il venait de déceler : deux cheveux y étaient restés accrochés.
– Ça alors, murmura Émile, un peu jaloux de ne pas avoir été le premier à découvrir cet indice capital.
– Bravo ! dit Félix en toute simplicité.
Il tira une enveloppe de sa poche. Salim y glissa le peigne et les cheveux.
– Et qu'est-ce qu'on fait maintenant ? demanda Émile.
– On se met à l'abri pour ne pas se faire tremper, répliqua Adèle.
En effet, le ciel s'était obscurci et de grosses gouttes de pluie commençaient à tomber. La « Main noire » se réfugia sous l'auvent du pavillon des éléphants d'où elle pouvait observer les visiteurs qui se précipitaient vers la sortie. Un éclair zébra le ciel, un coup de tonnerre éclata, suivi d'un cri strident. Aussitôt, des milliers d'autres cris y répondirent, feulant, beuglant, rugissant, jacassant...
La « Main noire » se précipita vers la grande volière de verre d'où était venu le premier cri. La porte grillagée bâillait dans ses gonds. Sa serrure avait été sciée. Un bouquet de plumes jonchait le sol. Adèle s'alarma :
– Vous croyez qu'on a essayé de voler un des perroquets ?
– Non seulement on a essayé, mais le voleur a encore réussi son coup, dit Salim. Je peux même vous dire le nom du perroquet qui a disparu.

──────────QUESTION──────────
Comment s'appelle le perroquet qui a été enlevé ?

92

ZÉ M'APPELLE ZOZO

Le perroquet volé s'appelait Zozo. Jules Bulbognian était désespéré.
– Quelle calamité ! gémit-il, cet oiseau est une perle rare, car il parle à la perfection. Il a juste un petit cheveu sur la langue, mais c'est charmant.
Et, pour masquer son chagrin, il se moucha bruyamment.
Les fins limiers de la « Main noire » étaient à court d'idées.
– On devrait… dit Adèle.
– On pourrait… dit Émile.
– Il faudrait… dit Félix.
– Parlons peu, mais parlons bien, dit Salim. Supposons que le voleur agisse pour le compte d'un client qui recherche des animaux rares. Zozo sait parler. Si le voleur le garde près de lui, le perroquet risque de le trahir. Il va donc l'endormir, puis l'envoyer le plus vite possible à son client. Pourquoi pas par Chronopost ?
– Bien vu ! approuva Félix. Vite ! tout le monde à la gare !
Les employés de chemin de fer étaient en train de charger le wagon postal du train du soir. La « Main noire » se faufila entre les chariots.
– Zozo ! Zozo ! appelait Adèle, mais le chef de gare lui barra le chemin.
– Petits morveux ! tonna-t-il. Je vous apprendrai à traiter de noms d'oiseaux des travailleurs honnêtes ! Allez, ouste ! Déguerpissez !
L'Écureuil s'était posté devant un chariot. Sa queue s'agitait en signe d'alarme. En passant à proximité, la « Main noire » perçut un filet de voix.
– Zé m'appelle Zozo et zé zuis zizi, zozota le perroquet.
Discrètement, Émile pointa du doigt un colis volumineux.
– Il est là-dedans, chuchota-t-il. Vous avez pu voir le nom du destinataire ?

———QUESTION———
À qui est adressé le colis ?

ALLÔ, LES RENSEIGNEMENTS ?

– Lord Caro ! murmura Adèle. Ça alors, quel drôle de nom !
– À mon avis, c'est un pseudonyme, dit Émile. Le client ne veut courir aucun risque. Ce qui explique aussi pourquoi il préfère se faire envoyer le colis au bureau de poste de Tribourg et non pas à son adresse personnelle.
– Impossible, rétorqua Félix. Pour pouvoir retirer un paquet adressé en poste restante, il faut présenter une pièce d'identité.
– Et alors ? riposta Émile. L'homme a probablement de faux papiers.
Félix s'en voulait de n'y avoir pas pensé. Adèle lui sauva la face.
– C'est évident, dit-elle. Et pour avoir plus de renseignements, je propose qu'on aille faire un tour à Tribourg demain après-midi.
– Arrêtez ! s'écria Salim. Vous êtes en train de vous monter la tête pour rien. Pour avoir des renseignements, il suffit de les appeler.
Dans la première cabine téléphonique libre, Félix composa le numéro.
– Renseignements, bonjour, je vous écoute, dit l'employée à l'autre bout du fil.
– Bonjour, madame ! Je voudrais le numéro de Lord Caro à Tribourg.
– Carreaux comme les vitres ?
– Non. C-A-R-O, épela Félix.
– Désolée, mais ce nom ne figure pas sur la liste des abonnés. En revanche, j'ai trois Carré et deux Carotte.
On frappa à la porte de la cabine. Félix remercia et raccrocha.
– C'est une cabine non-fumeur, dit Émile en sortant à l'homme au cigare qui en resta bouche bée au point que son mégot lui tomba du bec.
– Vous avez vu ça ? s'exclama soudain Salim. Lord Caro vient à Villeneuve ! Lui-même en personne ! Pour raisons professionnelles.

————— QUESTION —————
Quelle est la profession de Lord Caro ?

UNE SACRÉE MENTEUSE !

Quand Lord Caro, le magicien, et sa troupe arrivèrent le lendemain à Ville-neuve, la « Main noire » les attendait déjà de pied ferme dans la cour du théâtre municipal. Discrètement, elle observait les artistes qui déchargeaient les bagages et les décors. Émile s'impatientait.

– Vous ne voulez pas qu'on aille leur demander qui est Lord Caro ?

– Surtout pas ! objecta Félix. Il ne faut pas se faire remarquer.

– J'ai une petite idée, chuchota Adèle, en se détachant du groupe.

– Mais qu'est-ce que tu vas faire ? demanda Félix qui s'inquiétait.

– L'idiote. Vous allez voir.

Elle courut vers une femme blonde au maquillage criard qui s'efforçait de dégager une mallette, coincée entre deux caisses.

– Attendez, madame, je vais vous aider, lança Adèle en tirant sur une des caisses avant de s'exclamer :

– Oh, des colombes ! Elles sont mignonnes comme tout. Est-ce qu'il y a d'autres animaux dans votre spectacle ?

– Oui, dit la femme, des lapins blancs.

– Pas d'animaux sauvages ? fit Adèle en jouant la déception. Des lions, des tigres… ou des panthères, par exemple.

La blonde éclata de rire, mais son regard s'était durci.

– Et pourquoi pas des éléphants ? Tout ça dans la caravane, je suppose.

Avec un haussement d'épaules agacé, elle tourna les talons.

– Elle m'a menti au sujet des animaux sauvages, dit Adèle en rejoignant ses amis. Je le sens, mais je ne peux pas le prouver.

– Moi, je peux, dit Salim qui n'avait pas les yeux dans sa poche.

—QUESTION—
Qu'a vu Salim ?

MONSIEUR HENRI

« Attention ! Espèce dangereuse ! » était marqué sur la cage restée dans la caravane.

– Bien vu ! dit Félix. Venez ! On va prendre des places pour la représentation de demain après-midi.

Tous les membres de la « Main noire » étaient assis au premier rang. À seize heures précises, quand la lumière s'éteignit dans la salle et que le rideau de velours se leva, Lord Caro apparut en habit noir, entouré de ses accessoires de magicien.

– Mesdames et messieurs, dit-il avec un toussotement distingué, permettez-moi de vous présenter mon assistant, Monsieur Henri.

Et d'un grand geste de sa baguette, il désigna un perroquet en chapeau et habit de soirée, qui était assis sur une barre et ne bougeait pas.

– Monsieur Henri, saluez le public, je vous en prie, invita le magicien en mettant un microphone devant son bec.

– Bonjourrr, misssiédames ! Yé sssuis misssié Henrrrri, sortit une voix croassante du haut-parleur, et le magicien engagea la conversation avec son assistant-perroquet.

Le public était enchanté ; la « Main noire » déchantait. Ce n'était pas la voix de Zozo. Tout à coup, Félix se tourna vers Adèle et lui chuchota :

– Tu as vu ? Le perroquet n'ouvre absolument pas le bec. Étrange, non ?

– Oui, dit Adèle. Lord Caro doit être ventriloque.

– Chut ! les jeunes ! se plaignit la dame assise à côté de Félix.

Émile scruta le magicien et son micro. Son regard suivait le câble.

– Ce n'est pas Lord Caro qui imite la voix du perroquet, constata-t-il.

──────QUESTION──────
Qui fait parler le perroquet ?

UN PYTHON EN PITEUX ÉTAT

Un homme, caché dans les coulisses, imitait la voix du perroquet. Le bout de ses chaussures dépassait du rideau.

– Vite ! Allons chercher le gardien du zoo ! chuchota Félix. Lui seul est capable de reconnaître Zozo.

La « Main noire » trouva Jules Bulbognian chez les grands serpents.

– Ah, mes chers enfants, se lamenta-t-il, vous venez à point nommé. C'est terrible ! Nestor, notre plus beau python… que j'ai vu grandir…

La voix du gardien se cassa.

– Mort ? s'écria Émile qui craignait le pire.

Bulbognian haussa les épaules.

– Tout à l'heure, j'allais porter leur « quatre heures » aux gorilles, quand j'ai vu sortir quelqu'un d'ici en courant. Ça m'a paru louche. J'ai lâché mes régimes de bananes, et je suis allé voir aussitôt. La porte avait été forcée. Mon pauvre Nestor gisait dans un coin et ne bougeait plus. J'ai couru chercher notre vétérinaire, le docteur Petitpaon, que voici, mais je crains bien que…

– Non, Bulbognian, on a eu de la chance, dit le docteur qui auscultait le python. Regardez, il revient à lui. Quelqu'un l'a seulement endormi.

– Quand exactement avez-vous vu l'individu suspect ? demanda Adèle.

– Il y a environ une vingtaine de minutes, dit le gardien.

Sur sa trompette, Félix sonna le signal « En avant ! Piste brûlante ! ». Aussitôt, la « Main noire » essaima pour fouiller les abords du zoo. Pas une seule plate-bande, pas le moindre recoin n'échappèrent à sa vigilance. C'est Émile qui trouva un flacon.

– Tout s'explique, dit-il. Voici l'objet du délit.

QUESTION

Qu'est-ce qui est écrit sur l'étiquette du flacon ?

LE PIÈGE

– L'éther est un anesthésique très puissant, expliqua Émile.
– Un quoi ? demanda Salim.
– Un produit qui permet d'endormir quelqu'un très rapidement.
– Y compris un python, ajouta Félix. Ne touchez pas au flacon ! L'empoisonneur va sûrement essayer de le récupérer.
– Je l'espère, se réjouit Émile. Parce qu'alors il tombera dans notre piège.
– Quel piège ? demanda Adèle.
Émile exposa à ses camarades son projet.
Ils l'adoptèrent à l'unanimité, et tout le monde se mit au travail. Pendant qu'Émile retournait chez lui pour chercher son appareil-photo, les autres allèrent voir le gardien et lui demandèrent de leur prêter un nichoir en bois. Émile y plaça son appareil, et Félix accrocha le tout à un arbre, en ayant soin de diriger l'objectif vers le flacon. Ensuite, il fixa un fil de nylon transparent au déclencheur et passa l'autre bout à Adèle. Elle tira le fil jusqu'au flacon et le noua autour du goulot.
– Fais attention de ne pas effacer les empreintes de doigts, lui lança Félix, mais, penchée sur le flacon, Adèle ne l'écoutait même pas.
– Vite, passe-moi ta loupe ! demanda-t-elle à Émile.
Quand elle se releva, elle avait l'air troublé.
– Je ne vois pas d'empreintes. À mon avis, il a dû les effacer.
– Non, rectifia Salim avec un grand sourire. Il n'a pas effacé les empreintes, pour la bonne raison qu'il s'est bien gardé d'en mettre.
Adèle lui lança un regard incrédule.
– Comment peux-tu le savoir ?
– Il suffit d'avoir l'œil, dit Salim. Il nous en a laissé la preuve.

─── QUESTION ───
Qu'a découvert Salim ?

À LA RECHERCHE DE J. V.

Dans la doublure du gant figuraient les initiales J. V.
– Indice numéro trois, dit Félix en rangeant le gant dans sa poche.
Le lendemain matin, avant l'école, Émile prit son vélo et pédala jusqu'au zoo. Le piège avait fonctionné. Le fil était cassé, et le flacon avait disparu. Avec précaution, Émile sortit la pellicule de l'appareil-photo et la porta chez le photographe en lui demandant de faire un agrandissement du dernier cliché. À trois heures, la « Main noire » se retrouva au tranquilloport. Émile sortit la photo de la pochette. Adèle fit la fine bouche.
– On ne voit que le pantalon, ronchonna-t-elle. Ça ne nous servira à rien. Salim lui sourit.
– Au contraire, dit-il pour remonter le moral d'Émile. Parfois, il vaut mieux se concentrer sur un détail précis.
– Exact, acquiesça Félix. Allons faire voir la photo au gardien.
Ils rencontrèrent Bulbognian à l'entrée du zoo. Sa mine était défaite.
– Hélas, mes amis, le voleur a encore frappé. Mon Nestor a été enlevé. Je m'en suis aperçu, il y a dix minutes à peine. Depuis, je surveille tous les visiteurs qui sortent du zoo. Mais il y en a tellement !
Félix prit ses amis à part.
– Avec un peu de chance, nous allons mettre la main sur le coupable. Souvenez-vous : cheveux noirs frisés et pantalon à carreaux !
– Sans oublier ses initiales, ajouta Émile. Allez, tout le monde en place !
Quatre minutes et treize secondes plus tard, Adèle chuchota :
– Le voilà ! Heureusement que Nestor est un animal à sang froid !

—————QUESTION—————
Qui est l'homme qu'Adèle a repéré ?

Gant du voleur

Cheveux du voleur

Photo du voleur

LE GLACIER A FROID AUX PIEDS

Cheveux noirs frisés et pantalon à carreaux : c'était J. Vétaux, le vendeur de glaces.

– Suivons-le discrètement, murmura Félix.

La « Main noire » se glissa parmi les visiteurs qui sortaient du zoo.

– Il faudrait l'obliger à ouvrir son chariot, dit Émile.

– Essaie toujours, se moqua Salim, et tu verras ce qu'il te dira.

– Émile n'a pas tort, fit remarquer Félix. Si on s'achetait une glace ?

– Excellente idée, approuva Adèle.

Quelques mètres plus loin, la « Main noire » barra le chemin à J. Vétaux.

– Quatre glaces vanille-fraise, s'il vous plaît, monsieur, susurra Adèle.

– Je n'en ai plus, dit froidement le glacier en lui lançant un regard soupçonneux. Sur ces paroles peu amènes, il poussa si brutalement son chariot qu'il faillit renverser Adèle.

Elle se rattrapa de justesse au bras de Félix.

– Ce type n'a vraiment aucun scrupule, murmura-t-elle entre ses dents.

– On dirait qu'il commence à avoir froid aux pieds, plaisanta Félix. Je me demande s'il ne se doute pas de quelque chose. Soyons prudents !

À peine le glacier avait-il tourné le coin de la rue que la « Main noire » reprit sa poursuite. Trop tard ! L'homme et le chariot avaient disparu.

– Il a dû se faufiler dans la cour d'un immeuble, dit Salim, et il lâcha son écureuil. Vas-y ! Trois noisettes si tu retrouves le glacier.

L'Écureuil fila, pour bientôt stopper net, une patte en l'air, devant l'entrée de la troisième cour. Salim sortit les noisettes de sa poche.

– Brave petit ! chuchota-t-il. Tu les as bien méritées.

QUESTION

À quel numéro habite le glacier ?

MME DUCHOUX
N'EST PAS DURE DE LA FEUILLE

J. Vétaux habitait au 43a. Félix s'approcha de la porte derrière laquelle était rangé le chariot. Comme il fallait s'y attendre, la porte était fermée à clé. Salim montra l'escalier de secours.

– De là-haut, on aura peut-être vue sur une de ses fenêtres, dit-il.

À pas de loup, la « Main noire » grimpa l'escalier en fer. Arrivé au deuxième palier, Félix fit signe aux autres de ne plus bouger. Ils se couchèrent à plat ventre, les yeux fixés sur la fenêtre toute proche de la chambre de J. Vétaux.

Le glacier venait d'ouvrir la porte à une vieille dame.

– C'est qui, à votre avis ? chuchota Salim.

– Probablement sa logeuse, murmura Adèle. Elle n'a pas l'air contente.

– Chut ! fit Émile. Vous entendez ?

Ils entendirent distinctement la voix indignée de la vieille dame.

– Monsieur Vétaux ! s'emporta-t-elle, je ne saurais souffrir que sans mon autorisation, vous logiez quelqu'un dans votre chambre.

Vétaux se contenta de lui adresser un sourire narquois.

– Je ne plaisante pas, reprit la logeuse échauffée. J'ai entendu marcher dans votre chambre pendant que vous n'y étiez pas. Vous me devez une explication. Allez-y, je vous écoute.

Vétaux resta de glace.

– Allons, madame Duchoux, vous avez dû rêver. Vous voyez bien que je suis tout seul.

– Quel toupet ! chuchota Adèle. Mme Duchoux n'a pas rêvé. Il y a effectivement quelqu'un dans la chambre. Vous le voyez ?

QUESTION

Où se cache le mystérieux visiteur ?

L'HOMME EN NOIR

Quelqu'un s'était caché derrière la porte et fumait tranquillement une cigarette.

– Ça doit être son complice, murmura Félix.

À ce moment précis, le glacier aperçut la « Main noire » sur l'escalier. Immédiatement, il tira les rideaux.

– Vite, dit Émile, si c'est un complice, il ne faut pas le laisser filer.

La « Main noire » se dépêcha de quitter la cour et s'abrita dans un renfoncement de l'immeuble d'où elle pouvait observer la rue. Un chat noir passa nonchalamment, lançant une œillade amicale à l'Écureuil. Quelque part, un chien aboyait bêtement. La rue était déserte. Salim sentait qu'il allait bâiller quand tout à coup, un bruit de pas feutrés lui en coupa l'envie. Une silhouette sombre surgit de la cour de l'immeuble, portant un grand objet noir à la main.

– Qu'est-ce que ça peut être ? fit Émile.

– On dirait un étui à guitare, dit Salim qui s'y connaissait.

Le chapeau enfoncé jusqu'à l'arête du nez, l'individu s'approcha d'une voiture garée sur le bord du trottoir, l'ouvrit et posa l'étui sur la banquette arrière. Puis, il s'installa au volant et mit le contact. La voiture démarra en crachant des nuages de fumée. Quelques instants plus tard, elle avait disparu dans la brume du soir.

– Pollueur ! pesta Salim en abritant son écureuil sous sa veste.

– Ça ne lui portera pas bonheur, dit Émile. Cette fois-ci, il est cuit.

– Comment ça ? demanda Adèle. On n'a même pas vu son visage.

– Non, mais j'ai relevé le numéro de la voiture et le nom du conducteur.

QUESTION

Comment s'appelle l'homme au chapeau noir ?

AÏE, AÏE, AÏE !

– « Carl Roty », murmura Adèle en notant sur son calepin le nom qui figurait sur le permis de conduire glissé dans la boîte à gants de la portière. Vous ne remarquez rien, les copains ?

Elle souligna les deux premières lettres du prénom et du nom.

– Ca-Ro, lut Émile. Caro ! Lord Caro, le magicien ? Ça alors !

– Il est temps de transmettre l'affaire à la police, dit Félix.

Dix minutes plus tard, la « Main noire » se présentait au commissariat où elle fit un rapport exhaustif à l'agent Courtepoigne qui l'écouta, abasourdi. Sans un mot, il prit son téléphone et appela le théâtre municipal.

– Passez-moi Lord Caro, s'il vous plaît !… Comment ?… Je vois… Merci, madame. Au revoir !

Il raccrocha et se tourna vers la « Main noire » :

– Lord Caro est souffrant. Il a été frappé par une crise de lumbago au cours de la représentation, et il s'est fait transporter dans sa chambre à l'hôtel Monopole. Venez, on va lui rendre une petite visite.

Le réceptionniste de l'hôtel les annonça au magicien qui les reçut, couché au fond de son lit de douleur en poussant force gémissements.

– Aïe, aïe, aïe ! geignit-il. Désolé de vous recevoir ainsi, monsieur l'agent, mais je suis incapable de bouger. Que puis-je pour vous ?

– Reposez-vous, dit Courtepoigne. Je repasserai quand vous irez mieux.

Il allait quitter la chambre quand Félix lui mumura à l'oreille :

– Lord Caro vous joue la comédie. Il s'est levé juste avant qu'on n'arrive.

────── QUESTION ──────
Qu'est-ce qui prouve que Félix a vu juste ?

UNE GROSSE ERREUR

En apercevant la mousse encore toute fraîche qui couronnait le verre de bière sur la commode, l'agent Courtepoigne comprit que Lord Caro lui avait menti. Il n'en laissa rien paraître.

– Bon rétablissement, monsieur ! Et surtout pas de mouvements brusques ! dit-il avant de refermer la porte.

– Pourquoi ne l'avez-vous pas arrêté ? chuchota Adèle.

– Je ne peux pas. Pour l'instant, je n'ai aucune preuve contre lui.

Ils venaient de sortir dans la rue quand Félix murmura tout à coup :

– Ne vous retournez pas ! Lord Caro s'est levé. J'ai vu bouger le rideau de sa fenêtre.

Courtepoigne se frotta les mains.

– Je m'y attendais. Et maintenant, il va commettre une grosse erreur.

– Vous croyez qu'il va essayer de s'enfuir ? demanda Salim.

– Exactement. Surveillez la porte d'entrée !

Les yeux rivés sur l'entrée principale de l'hôtel, la « Main noire » passa vingt bonnes minutes à attendre le magicien quand soudain, Émile s'écria en montrant une ombre qui s'éloignait par une petite rue :

– Le voilà ! Il a pris une autre issue. Regardez comme il est chargé !

L'homme tourna au coin.

– Vite ! lança Courtepoigne, il ne faut surtout pas qu'il nous échappe.

Mais lorsqu'ils arrivèrent à l'angle de la rue, le magicien avait disparu, comme touché par un coup de baguette magique. L'agent bouillonnait.

– J'aurais dû m'en douter, ronchonna-t-il. Quel fieffé filou !

– Je sais comment il est parti ! dit Émile. Et je crois savoir où il va.

———————QUESTION———————
Comment l'homme a-t-il réussi à s'enfuir ?

SOUS LE TILLEUL

Lord Caro s'était enfui à bord d'une voiture. Émile avait reconnu le numéro : 22 XY 06. C'était celui de la voiture devant l'immeuble de J. Vétaux ! En compagnie de l'officier de police, les membres de la « Main noire » se rendirent au théâtre municipal. Courtepoigne alla interroger le concierge.

– La voiture de Lord Caro ?

– Bien sûr que je l'ai vue, fit le gardien. Il est arrivé ici, il y a cinq minutes à peine. Son assistante l'attendait déjà. Ils ont accroché la caravane à la voiture, et ils sont partis. Ils avaient l'air drôlement pressés. Je crois qu'ils sont allés en direction de Tribourg.

Courtepoigne le remercia. Accompagné de la « Main noire », il retourna au commissariat pour emprunter son véhicule de service.

– Montez ! dit-il. Avec leur lourde caravane, ils ne peuvent pas aller très vite. On a encore une chance de les rattraper. Surveillez les bas-côtés !

Ils avaient roulé une demi-heure environ quand Adèle s'écria :

– Regardez ! Là-bas, sous l'arbre !

La caravane et la voiture du magicien étaient garées sous un vieux tilleul dans la cour d'une auberge campagnarde. Courtepoigne s'arrêta.

Les enfants et l'agent s'approchèrent de la caravane de Lord Caro. Pas un bruit ne s'en échappait. Félix montra du doigt le toit entrouvert.

– Il faudrait escalader l'arbre et jeter un œil à l'intérieur.

Arrivé en haut du tilleul, l'agent Courtepoigne alluma sa lampe torche. Son rayon éclaira l'intérieur de la caravane.

– Pas la moindre trace des animaux disparus, murmura-t-il.

– Si, dit Adèle. Au moins l'un des trois se trouve dans la caravane. C'est sûr. Regardez bien, et vous saurez lequel !

---QUESTION---
Qu'a aperçu Adèle ?

LA FAUSSE CLOISON

– Des « Perrocroquettes » ! s'exclama l'agent Courtepoigne en apercevant le paquet. Voilà qui est intéressant. Mes félicitations, Adèle !

Il sauta du tilleul, la « Main noire » l'imita. Félix lui tendit un petit papier.

– Voici le numéro du gardien. Pourriez-vous l'appeler pour lui dire…

– Non, dit Courtepoigne, c'est à vous de lui annoncer la bonne nouvelle.

Depuis la voiture de police, la « Main noire » composa le numéro du bureau de Bulbognian. Il répondit dès la première sonnerie.

– Je m'apprêtais à passer la nuit ici, dit-il. Y a-t-il du nouveau ?

Ensuite, Courtepoigne appela le commissariat.

– Passez prendre le gardien au zoo et conduisez-le ici ! ordonna-t-il.

Une demi-heure plus tard, Jules Bulbognian était sur les lieux.

– Où est mon petit Zozo ? appela-t-il devant la porte de la caravane.

– Zé zui zizi, Zules, répondit une petite voix éraillée.

– Attendez-moi ici ! dit l'agent Courtepoigne en fonçant vers l'auberge.

Il revint avec le magicien blême et la blonde trop maquillée.

– Ouvrez la porte de la caravane ! ordonna-t-il à Lord Caro.

Courtepoigne et Bulbognian y montèrent. Ils tirèrent sur une cloison qui céda aussitôt. À la vue du gardien, Nestor se déroula de tout son long, Esméralda ronronna de plaisir, et Zozo vint se percher sur l'épaule de Bulbognian en lui bécotant la moustache.

Sous l'œil sévère de Courtepoigne, le magicien, mal à l'aise, se tortillait.

– Ces bêtes, je les ai achetées à… à une personne. Je ne savais pas qu'on avait volé des animaux au zoo. Je vous le jure, monsieur l'agent !

– Parjure ! lança Émile. Vous le saviez très bien. Ça se voit clairement !

─────────── **QUESTION** ───────────
Qu'est-ce qui prouve la mauvaise foi du magicien ?

UNE IMPRUDENCE FATALE

De la poche du manteau de Lord Caro dépassait un journal. L'enlèvement des animaux y figurait en première page. Le soir même, le magicien fut soumis à un interrogatoire au commissariat.

– J'ai acheté les animaux à un marchand de passage, expliqua-t-il. À un certain Valpolicella. Mais voyez vous-même, monsieur l'agent.

Il présenta un papier à Courtepoigne. Félix se pencha en avant.

– V comme Valpolicella, dit-il, ou peut-être comme… Vétaux ?

– Je ne connais pas de Vétaux, protesta vivement le magicien.

– C'est ce que nous allons vérifier, dit l'agent Courtepoigne.

En confiant Lord Caro et sa compagne à la garde de ses collègues, il se rendit avec la « Main noire » chez le marchand de glaces.

– Police ! dit-il en exhibant sa carte. Connaissez-vous un certain Lord Caro, alias Carl Roty ?

– Non, grommela l'autre, jamais entendu ce nom-là.

– Vous niez donc avoir eu affaire à ce monsieur ? poursuivit l'agent en avançant dans la pièce.

– Parfaitement ! s'emporta J. Vétaux. Qu'est-ce qui vous permet de…

– M. Vétaux semble avoir un trou de mémoire, dit Adèle.

– Qu'est-ce qu'elle chante, cette petite peste ? rugit le glacier.

– En effet, fit remarquer Émile. C'est bien M. Vétaux qui a fait parvenir le fameux papier à Lord Caro. Regardez ! Ça crève les yeux. Comment peut-on être aussi imprudent !

L'agent Courtepoigne suivit son regard.

– Monsieur Vétaux, dit-il, je vous arrête. Veuillez bien me suivre !

QUESTION

Quelle est l'imprudence qu'a commise J. Vétaux ?

SOURIEZ !

« Je vous remercie de votre excellent travail qui a permis de sauver trois animaux rares des griffes de marchands d'animaux sans scrupules, et je vous prie de me faire le plaisir de vous recevoir à l'"Éléphant bleu", ce vendredi à 16 heures. Signé Maxime Fourmillon, directeur du zoo de Villeneuve. »

Ainsi se terminait la lettre que la « Main noire » reçut deux jours plus tard au tranquilloport, 49, rue du Canal. Quand les quatre amis se présentèrent à la cafétéria du zoo, M. Fourmillon les attendait en compagnie du directeur de la police, venu tout spécialement pour féliciter les jeunes détectives.

– Grâce à votre aide, dit le patron de la police, nous avons pu neutraliser une bande de trafiquants d'animaux qui a déjà sévi dans plusieurs pays.

– Souriez ! cria soudain un jeune homme, muni d'un appareil-photo. C'était Léo Pardelli, le reporter du *Courrier du soir*.

– Comment les trafiquants ont-ils procédé ? s'enquit le journaliste.

– C'est très simple, expliqua Salim. L'un d'eux, déguisé en marchand de glaces, était chargé de kidnapper les animaux. Il les sortait du zoo en les cachant dans son chariot. Ensuite, il les faisait parvenir à Lord Caro.

– C'est grâce à une feuille arrachée au calendrier du kidnappeur que nous avons pu prouver que les deux étaient complices, conclut Émile.

– Mes compliments à tous les quatre, dit Pardelli.

– Cinq, rectifia Adèle. Comme les cinq doigts d'une main.

– Mais où est donc le cinquième ? demanda Léo Pardelli, surpris.

– Il s'ennuyait, dit Salim. Alors, il est allé faire un tour.

──────────QUESTION──────────
Que fait le petit cinquième de la « Main noire » ?

SUITE ET FIN

Léo Pardelli ne chôma pas. Dès le lendemain, le *Courrier du soir* présentait à ses lecteurs un dossier complet sur l'affaire des animaux volés. Réunie au tranquilloport, la « Main noire » se plongea avec délice dans sa lecture, savourant le moindre détail du récit.

– C'est vraiment bien écrit, dit Adèle.

– C'est passionnant, déclara Félix. Quel suspense !

– Écoutez-moi ça ! s'exclama Émile, et il lut à ses camarades la fin de l'interview :

– « Le *Courrier du soir* félicite les jeunes détectives qui ont fait preuve d'un courage et d'une perspicacité exemplaires. »

À côté de l'interview figurait une photo qui montrait Adèle et les garçons à la terrasse de l'« Éléphant bleu ».

Salim caressa le poil de son petit compagnon roux.

– Tu vois ce que tu as manqué en allant faire de la balançoire chez les singes ? dit-il.

« Crac », fit l'Écureuil en cassant entre ses dents pointues une belle noisette dodue.

Ce qui, traduit en langage humain, voulait dire qu'il s'en moquait bien.

Reproduit et achevé d'imprimer
en août 2014
par l'imprimerie Hérissey à Évreux (Eure)
pour le compte des éditions
ACTES SUD
Le Méjan
Place Nina-Berberova
13200 Arles

Dépôt légal
1re édition : juin 2008
N° impression : 122811
(Imprimé en France)